W0367063

La plus belle fille du monde

Agnès Desarthe

La plus belle fille du monde

l'école des loisirs
11, rue de Sèvres, Paris 6e

Du même auteur à *l'école des loisirs*

Collection Médium

La cinquième saison (recueil de nouvelles collectif)
Je manque d'assurance
Je ne t'aime pas, Paulus
Je ne t'aime toujours pas, Paulus
Les peurs de Conception
Poète maudit

Loi n° 49.956 du 16 juillet 1949 sur les publications destinées à la jeunesse : septembre 2009
Dépôt légal : juillet 2013
Imprimé en France par CPI Bussière à Saint-Amand-Montrond
N° d'impr. : 2003908.

ISBN 978-2-211-09647-8

1

Autant vous le dire tout de suite, je ne suis pas l'héroïne de cette histoire. La plus belle fille du monde, ce n'est pas moi. Je ne suis même pas la plus belle du quartier, ni la plus belle de la classe. Je suis juste moi, Sandra Walser, j'ai quatorze ans, ce qui est à la fois un très bon âge et le contraire, un âge nul, ça dépend de quel point de vue on se place.

L'autre jour, en fouillant dans la bibliothèque de ma mère, je suis tombée sur un livre qui m'influence énormément. L'auteur s'appelle Marthe Robert et le titre, c'est *Roman des origines, origines du roman*. Je ne l'ai pas lu. Il est très long. Je n'ai pas le temps et, si ça se trouve, je n'y comprendrais rien. Mais on n'a pas forcément besoin de lire un livre pour qu'il vous influence ; parfois, le titre suffit.

J'aimerais être romancière plus tard et, dès que j'ai vu ce vieux volume tout abîmé sur l'étagère, j'ai su que Marthe Robert m'envoyait un message, un truc pour m'aider à devenir écrivain. La méthode, c'est qu'il faut commencer par les origines. Je vais donc vous parler de mes parents, même si, comme je l'ai dit, je ne suis pas l'héroïne de cette histoire.

Je ne suis pas non plus un personnage secondaire, je suis la narratrice et ça, c'est quand même important.

Je suis sûre que Marthe Robert serait d'accord avec moi pour considérer que les origines de la narratrice ne doivent pas être négligées.

Commençons par ma mère. Ma mère est un bon personnage de roman. Elle serait même bien en film. Elle est avocate. Et là, je sais ce que vous pensez. Vous pensez «donc elle est riche». Les gens croient qu'avocat ça gagne bien et c'est sans doute vrai dans la plupart des cas, mais ma mère ne gagne pas. Elle défend des gens gratuitement. Des femmes, des enfants, des gens très pauvres.

Ma mère boit et fume beaucoup trop. Elle attend le moment où l'on pourra dire d'elle qu'elle a été une très belle femme. Pour l'instant, elle lutte encore et ça la fatigue. Elle soupire en se maquillant et dit tout un tas de gros mots en enfilant son tailleur de dame pour aller au travail. Ça l'épuise de devoir être jolie mais elle ne peut pas s'en empêcher. C'est comme un poids pour elle.

Ma mère est blonde avec des yeux verts, elle a un nez très droit et une grande bouche qui lui fait un sourire en tranche de pastèque. Elle est maigre et a toujours les yeux cernés.

Je lui ressemble. Un peu. En plus jeune. Je ne suis pas trop mal. J'ai des défauts mais personne n'est au courant. Je suis déjà sortie avec sept garçons, alors j'imagine que je n'ai pas à me plaindre.

Mon père, lui, c'est un genre de pépiniériste. Il plante. Pas des arbres, des bébés. Il adore ça. Il a fait des bébés à tout un tas de femmes. Il s'en occupe très bien pendant six à dix mois et après il part. Je dois avoir une douzaine de demi-frères et sœurs. Je ne les connais pas. Le vrai métier de mon père, c'est menuisier. Lui, il gagne beaucoup d'argent, mais il n'en donne presque pas à ses femmes et à ses enfants. Pourquoi ? Parce qu'il est tellement sympa qu'on n'a pas envie de lui en demander. C'est ce que m'a expliqué ma mère un jour où elle s'arrachait les cheveux à cause d'une grosse facture d'électricité. « Demande à mon père, lui ai-je dit. Y a quand même des lois ! Il est obligé de nous aider. » Ma mère m'a rétorqué qu'il s'agissait d'un vide juridique. Je sais que ce n'est pas vrai, mais mon père comme vide juridique, ça m'a plu, alors j'ai arrêté de discuter.

Maman et moi, nous habitons une toute petite maison. En bas, il y a le salon, qui est aussi la cuisine et le bureau de ma mère. En haut, il y a deux minuscules chambres avec la salle de bains au milieu, et c'est tout. Il y a toujours quelque chose de cassé chez nous, un vasistas qui fuit dans le toit, un tuyau en fin de vie, des joints rongés par de mystérieuses moisissures, des prises de courant qui sortent des murs, comme si le plâtre recrachait un corps étranger.

Ma mère dit que c'est une calamité d'avoir une maison individuelle parce que ça coûte les yeux de la tête. J'adore cette expression. Elle se plaint aussi de ne pas avoir d'homme qui grimperait sur le toit pour réparer et saurait tout bricoler. Parfois, je me demande si je n'aurais pas mieux fait d'être un garçon.

Ma mère est féministe, du coup, je comprends mal comment elle peut penser que les hommes sont plus capables que les femmes d'accomplir certaines tâches.

– C'est pas ça, dit-elle.

– C'est quoi, alors ?

– Autre chose. C'est compliqué.

Je réfléchis, je me demande ce qu'il peut bien y avoir de compliqué. J'entends beaucoup les femmes autour de moi se plaindre des hommes. Les hommes, selon ma mère et ses amies, ne sont pas fiables ; ils ne retrouvent jamais leurs chaussettes, ne referment pas la porte des placards. Ils sont pires que des enfants, restent des heures aux toilettes et ne se rappellent jamais que le mercredi il n'y a pas école.

– Un homme, c'est l'action, dit ma mère.

Puis elle ajoute avec un soupir que j'ai du mal à interpréter :

– Un homme, c'est le bordel, c'est la fête.

En général, après ce genre de déclaration, elle prend une cigarette ou se sert un verre de vin.

Nous manquons beaucoup d'hommes chez nous. Ma mère est l'aînée de trois sœurs. Celles qui ont des enfants n'ont que des filles. Il doit y avoir quelque chose de tordu dans nos gènes. Nos réunions de famille sont extrêmement bizarres. Certaines années, à Noël, il y a un mari ou un petit ami qui surgit et puis il disparaît. On les rejette sans le vouloir, je crois, comme le plâtre avec les prises et j'avoue que, parfois, ça m'inquiète.

2

Comme j'ai un an d'avance, je suis en seconde. C'est une classe difficile. À la fin de l'année, on nous séparera. En gros, il y aura d'un côté les littéraires, de l'autre les scientifiques, et au milieu les indéterminés. À la fin de l'année, on saura si toutes les portes s'ouvrent devant nous ou si certaines se ferment. Je m'intéresse beaucoup à ce genre de questions. Mme Thiercelin, ma prof de français qui est aussi ma prof principale et adore discuter avec les élèves, m'a dit que c'était étonnant pour mon âge. C'est très rare, selon elle, les adolescents qui se préoccupent de leur orientation. Elle se trompe. Je veux dire, quand elle croit que je me préoccupe de mon orientation. Ce qui m'intéresse, c'est l'absurdité de cette histoire de portes. Magali Caron, qui est nulle en maths, ne sera pas admise en première S, elle ne sera donc jamais médecin, alors qu'elle a réussi à réduire juste à l'instinct la fracture que Djézone Dos Santos s'était faite en sport.

Djézone, de son côté, deviendra peut-être médecin parce qu'il est bon en physique, alors qu'il est complètement irresponsable, immature et qu'il ne s'intéresse qu'à sa gueule. Pour moi, qui ne suis ni littéraire ni scientifique, le problème ne se pose pas. Je serai écrivain. Vous pensez peut-être que, pour devenir écrivain, il faut être littéraire. Et le pire, c'est que vous avez peut-être raison. Mais je ne peux pas me permettre d'être de votre avis, parce que, malgré tous mes efforts, je ne dépasse pas 11 de moyenne en français.

Mme Thiercelin me dit :

– Sandra, vous êtes un mystère. Vous avez tout pour réussir. Il faudrait simplement que vous vous mettiez au travail.

Se mettre au travail, ça signifie arrêter d'écrire « accueillir » avec un seul « c » et « attraper » avec deux « p » ; se rappeler que les adjectifs s'accordent avec les noms et que les verbes, à la troisième personne du pluriel, ne prennent pas un « s » mais un « nt ». Ça signifie aussi que, lorsque le sujet de dissert est « Peut-on considérer la lecture comme un moyen d'accès à la culture ? », on n'est pas censé consacrer une partie entière à la retransmission des championnats de patinage artistique à la télé.

Parfois, le soir, dans mon lit, je pense à tout ce que

je devrais faire pour cesser d'être un mystère : lire Victor Hugo et Balzac au lieu de Dashiell Hammett et Carter Brown, appliquer les règles de grammaire et d'orthographe que j'ai stockées quelque part dans mon cerveau, respecter les consignes en haut des devoirs et arrêter de me poser des questions sur le monde et son absurdité. C'est un genre de rêve, une vision, mais je m'endors avant d'avoir trouvé le chemin précis qui me mènerait à ce moi nouveau.

Je sais que, dans la vie, on peut changer. Ce que j'ignore, c'est comment. Je sais aussi que certaines choses vous sont données à la naissance et que ces choses, en revanche, ne changeront jamais : la forme du nez, l'emplacement des taches de rousseur, la couleur de la peau, la longueur des doigts. Et c'est une chance que je parle de ça maintenant parce que l'histoire que je veux raconter, l'histoire de la plus belle fille du monde, a justement à voir avec ce qu'on appelle, je crois, l'héritage génétique.

Quand Liouba Gogol est née, on savait déjà que ce serait une beauté. Le gynécologue et la sage-femme présents à l'accouchement manquèrent s'évanouir en la voyant. Sa mère poussa un cri de victoire et son père un cri de joie, car Liouba Gogol était parfaite et que ça crevait les yeux dès le premier jour.

Bon, cette scène à la maternité, je l'invente, forcément. Je n'étais pas sur place. À l'époque, j'étais moi-même en train de naître quelque part, et ma mère se demandait si je resterais chauve et si je loucherais toute ma vie. Mais c'est ça aussi, être écrivain, parler de choses qu'on n'a pas vues, qu'on ne connaît pas, mais dont on sent qu'elles sont vraies.

Liouba Gogol en maternelle avait les cheveux jusqu'aux pieds et sa mère lui faisait quatre tresses qu'elle lui enroulait autour du crâne tant sa chevelure était abondante. Tout le monde voulait s'asseoir à côté d'elle. Dans la rue, les gens avaient des malaises d'amour et suppliaient sa nounou de les laisser lui caresser la tête ou la main.

Ensuite, il y a eu la primaire et là, j'ai envie de sauter. Ça s'appelle faire une ellipse. Parce que, franchement, qui a envie de reparler de la primaire ? Disons simplement que Liouba a eu des seins très tôt, en fin de CM1, et que ce n'était même pas la honte parce qu'elle était grande et bien faite et que de la voir gambader avec ses longues jambes dans la cour de récré et ses deux mini-pommes imperturbables juste au-dessous des clavicules, ça donnait envie à tout le monde d'avoir des seins, même aux garçons.

Et hop ! Nous voici au collège. Banlieue de Lyon. Bonnet rouge les jours de grand froid pour faire ressortir les yeux verts, robe à bretelles au printemps pour exalter la poitrine. Danse classique, danse moderne, aïkido, escrime. L'été, Liouba ne va pas à la mer et c'est tant mieux parce que les gens se suicideraient en la voyant en maillot de bain. Elle va à la montagne et marche des heures dans l'herbe en s'arrêtant de temps en temps près d'un ruisseau pour boire l'eau douce et glacée. À la rentrée des classes, elle n'est pas bronzée et ramollie. Elle semble encore plus ferme et plus galbée, ses fesses, musclées par les randonnées, s'envolent vers ses omoplates.

Le temps passe, passe, passe. Exit la banlieue de Lyon. Déménagement à Paris en cours d'année, arrivée en classe de seconde, présentation aux élèves par Mme Thiercelin. Cette fois, j'assiste à la scène. Je suis même au premier rang et c'est le vrai début de mon histoire. Car, comme vous l'avez compris, Liouba Gogol est la plus belle fille du monde et elle est dans ma classe cette année.

Un nom pareil, pour qui que ce soit d'autre, ce serait une malédiction, un coup à faire passer vos propres parents devant les juges pour abus de pouvoir, crime contre l'individualité, cruauté délibérée sur un mineur. Mais, dans le cas de mon héroïne, ces accusations ne s'appliquent pas. La preuve:

Nous sommes en cours de français. On frappe à la porte. M. Dubeuf, le proviseur, entre et nous annonce l'arrivée d'une nouvelle camarade. La seconde 6, ma classe, est extrêmement soudée. Nous sommes en décembre et nous avons déjà eu trois mois pour nous rendre compte que nous formions une équipe très efficace. En tête, nous avons Véronique Elcaroui, Raphaël Jeannot, Éléonore Powels, Ismaël Trung et Grégoire de la Meurte. On les appelle «les Intouchables», ils ont plus de 16 de moyenne et Ismaël Trung parle couramment latin. Tout en bas, il y a Volsie Beckstein, Rodrigo Pleven, Djamel Sagmaoui, Linda Tourette et Paul Pliton. Ils ont moins de 6 de moyenne. On les appelle aussi «les Intouchables». Au milieu, il y a le reste et ça fonctionne parfaitement. À la réunion parents/professeurs, les enseignants ont déclaré que nous étions une classe sympathique et unie, qui avait du mal à se concentrer, mais qui ne manquait pas de ressort.

Nous avons donc accueilli l'annonce de M. Dubeuf par un soupir unanime. L'expression «une nouvelle camarade» avait aussi été traduite dans notre langue secrète par «Bonjour le boulet». Mme Thiercelin a interrompu le cours et s'est tournée vers la porte pour souhaiter la bienvenue à notre future souffre-douleur. C'est à ce moment qu'elle est entrée.

– Les enfants, je vous présente Liouba Gogol, a dit M. Dubeuf au moment où elle pénétrait dans la salle.

Personne n'a ri. C'était comme si une averse de neige s'était soudain abattue sur la salle. J'ai pensé à toutes les fois où j'avais traité Djézone de gogol et j'ai eu honte. Je n'étais pas la seule. Nous étions collectivement victimes d'un retournement de sens. À partir de cette seconde, gogol ne voulait plus dire débile, ça voulait dire un mètre soixante-dix, un visage en triangle, des joues roses, des yeux verts, un chignon blond à moitié défait, une bouche très rouge et de longues mains de pianiste.

– Entre, entre donc, mon petit, a dit Mme Thiercelin. Savez-vous, a-t-elle ajouté en se tournant vers nous, que Nicolaï Gogol était un très grand écrivain russe ?

– Nikolaï Vassilievitch Gogol, a précisé Liouba, c'était le grand-oncle de mon arrière-grand-père.

Et j'ai compris, en entendant ces mots, ce que signifiait « avoir une voix d'ange ».

Dans la Bible, un livre que personne ne lit plus

mais que ma grand-mère aimait beaucoup me raconter quand j'étais petite, il y a une scène géniale où la mer s'ouvre en deux. Vous l'avez peut-être vue à la télé au moment de Noël, parfois ils passent le film. Moïse s'enfuit avec les Hébreux. Ils étaient esclaves des Égyptiens et ça suffisait comme ça, alors ils sont partis. Les Égyptiens, très en colère, les poursuivent. Au moment critique, alors qu'il n'y a plus que l'eau devant eux et leurs ennemis derrière, les Hébreux pensent que c'est fichu. Ils vont tous se noyer. Sauf que Moïse frappe sur le sable avec un bâton et que la mer s'ouvre en deux, dégageant une route qui file droit jusqu'à l'horizon. Les Hébreux se mettent à courir dans cette espèce de canyon, et les eaux se referment juste après leur passage, noyant leurs poursuivants. L'été, à la plage, j'essayais toujours de frapper le sable avec un bâton pour voir si, moi aussi, j'avais ce don. J'ai fait ça jusqu'à l'âge de dix ans, alors que je n'avais jamais cru au Père Noël, parce que, même si je savais que c'était impossible, j'étais hantée par ces images de murailles d'eau de chaque côté d'un peuple en fuite.

Quand Liouba est entrée, c'est un peu ce qui s'est passé. Chacun d'entre nous a reculé, très légèrement, comme pour lui céder la place. Ça n'a fait aucun bruit, mais, une seconde plus tard, toutes les chaises étaient libres.

– Ça alors ! a dit Mme Thiercelin, c'est bien la première fois que je vous vois vous lever pour quelqu'un.

Liouba a souri en entendant ça et j'ai cru percevoir un bruissement infime, quelque chose comme un sac en papier qu'on froisse. J'ai pensé que c'était le son que produisaient nos cœurs, nos cœurs broyés par sa beauté et la douceur de son sourire.

3

Quand je suis rentrée ce soir-là, j'étais épuisée. Ma mère m'avait laissé un mot me demandant d'acheter un poulet fumé, de la mâche et des chips pour le dîner. Ce n'est pas le menu que je préfère, c'est ce que j'appelle un repas foutage de gueule parce qu'il n'y a qu'à ouvrir des sachets : le sachet du poulet, celui de la mâche et celui des chips. Ce n'est pas l'idée que je me fais de la cuisine et il se trouve que, contrairement à ma mère, je ne suis pas féministe. Si c'était moi qui décidais de la marche du monde, ma mère ne travaillerait pas, elle passerait sa journée à repasser nos draps et à mijoter des petits plats. Le problème, c'est que je ne décide de rien.

Alors que j'avais sorti le Caddie du placard pour aller au Monoprix, on a sonné à la porte. La cellule de crise se tenait au grand complet sur les marches du perron. Mes trois meilleurs amis, Fleur Bartok, Étienne Commandant et Allison Ferval.

– Où tu vas ? m'a demandé Étienne, qu'on appelle toutes Mon Commandant.

– Nulle part, j'ai répondu.

– Alors pourquoi tu as ton blouson ? a demandé Allison, toujours perspicace.

J'ai froissé la liste de courses dans ma poche.

– J'avais froid, ai-je menti.

Je me doutais qu'ils allaient débarquer pour discuter de l'énorme événement de la journée, mais, en un sens, je redoutais d'en parler avec eux. C'était comme si je voulais garder Liouba pour moi. Malgré ma fatigue, j'avais décidé d'aller faire les courses tout de suite pour leur échapper.

Il m'arrive très souvent d'avoir des attitudes inexplicables et, quand ça arrive, les pensées se bousculent dans ma tête. C'est comme si une force maléfique s'emparait de moi et me faisait faire des gestes bizarres ou prononcer des paroles insensées.

Fleur a posé son sac près du portemanteau et s'est assise sur une chaise de cuisine. J'ai dégagé le Caddie d'un coup de pied discret et je me suis assise à côté d'elle. Allison s'est installée face à nous, de l'autre côté de la table, et Mon Commandant est resté debout car nous n'avons que trois chaises dans cette maison et qu'il est d'un naturel galant. Aucun de nous ne savait par où commencer. C'était comme si, en parlant, nous avions risqué de trahir un secret. Chacun, à sa manière, désirait faire semblant de rien, prétendre que Liouba Gogol était une personne ordinaire et que nos vies n'allaient pas être bouleversées par sa présence. Allison a tiré une cigarette de son paquet. J'ai pointé l'index vers le panneau «non-fumeur» accroché au-dessous de la pendule murale.

– Fait chier, a-t-elle marmonné.

– Ouais, fait chier, a répété Fleur en écho.

– Qu'est-ce que ça peut te faire ? lui ai-je demandé. Tu ne fumes pas toi ?

– Non, c'est autre chose.

Nous savions tous à quoi elle faisait allusion. Un soupir collectif s'est élevé dans la cuisine. Mon Commandant s'est assis pas terre et nous l'avons soudain regardé d'un œil mauvais.

– Mais pour toi, en fait, a dit Allison en s'adressant à lui, y a pas de problème. C'est même génial.

– C'est vrai, avons-nous renchéri, Fleur et moi. Pour toi, c'est tout bénef.

Mon Commandant a fait sa tête d'idiot, comme

quand il ne reste plus qu'un Granola au fond du paquet et qu'on demande si quelqu'un veut finir. Une tête genre «Je ne suis pas concerné. C'est quoi déjà les Granola?».

– Tu veux qu'on te fasse un dessin? a dit Allison.

– Pas la peine d'être agressive, a remarqué Mon Commandant.

– Comment tu veux qu'on soit pas agressive? a demandé Fleur. La plus belle fille du monde débarque dans notre classe, autant dire sur notre territoire, et on ne peut rien faire contre elle, parce que en plus elle est même pas con.

– Et pas prétentieuse non plus, a ajouté Allison d'une voix sinistre.

Elles avaient raison. En seulement trois heures de cours, Liouba Gogol avait réussi à nous faire rire parce qu'elle avait de l'humour; à nous attendrir parce que à l'interclasse elle avait renversé son sac en entier pour trouver ses lunettes et que des tas de trucs qu'on n'a pas envie de voir exposés en public, du genre Tampax ou tablette de chocolat entamée qui a coulé dans le papier alu à cause de la chaleur, avaient roulé sur le sol; à nous impressionner, justement parce qu'elle portait des lunettes et que ça ne la défigurait pas; à nous prouver qu'entre avoir l'air intelligent – à cause des lunettes – et l'être vraiment il n'y a qu'un pas, qu'elle avait franchi pendant l'heure d'histoire en émettant une hypothèse tout à fait convaincante sur les causes réelles de la guerre de 14 ; et à nous prouver que la modestie existe aussi chez les créatures parfaites, car à aucun moment Liouba n'avait donné l'impression de se rendre compte du magnétisme qu'elle dégageait. C'était inexplicable. En même temps que la beauté, une douceur incroyable émanait d'elle, comme une onde qui vous donnait envie d'être tout près, de l'aider, de la protéger.

– On est mal, a dit Fleur.

Ce qui était la preuve d'un bel esprit de synthèse. Depuis que Liouba Gogol était entrée dans nos vies, nous avions toutes l'impression d'être déformées. Mon nez me paraissait gigantesque, mes joues rugueuses, mes genoux énormes, mes mains tordues. Même mes ongles me dégoûtaient. C'était comme si on s'était senties sales et ratées. On avait vu la version idéale de la jeune fille et il était clair pour chacune d'entre nous que nous en étions infiniment loin.

– Putain, s'est emportée Allison. Moi, j'avais jamais eu de complexes. Mais alors, jamais. J'étais bien dans ma peau. J'étais contente d'être métis. Les cheveux frisés, la classe. Bronzée toute l'année, la re-classe. Les longues jambes, la re-re-classe. Comment je vais faire pour me regarder dans la glace, maintenant ?

Ça paraît fou, je sais. D'autant plus que, mes amies et moi, on a tendance à ne pas être particulièrement superficielles. On s'intéresse à autre chose qu'aux habits, on aime discuter de tout, on lit des livres, on va au cinéma.

– Je ne vois pas où est le problème, a dit Mon Commandant d'une voix hésitante.

– C'est exactement ça qu'on te reproche, lui ai-je expliqué. Pour toi, il n'y a aucun problème. La plus belle fille du monde est dans ta classe, et voilà. Tu profites.

– N'importe quoi ! a-t-il dit.

Fleur, Allison et moi avons échangé un regard soupçonneux.

– Remarque, a dit Fleur, peut-être qu'elle ne t'intéresse pas. Peut-être que tu n'es pas sensible à ce genre de beauté. D'ailleurs, est-ce que tu es sensible aux filles en général ?

– C'est vrai, a dit Allison. Tu ne nous as jamais draguées.

– Mais je suis avec vous depuis la maternelle, a crié Mon Commandant. On est amis depuis qu'on a quatre ans. Pour moi, vous n'êtes pas des filles ; vous êtes comme, je sais pas, moi, des Playmobil.

– Des Playmobil, ai-je relevé. C'est pas un hasard, ça. Les Playmobil, c'est complètement pédé comme esthétique.

– Je te signale que j'ai eu des tas de copines, s'est-il défendu.

– Ouais, ouais, c'est ça, a dit Allison, toujours pendant les vacances, quand on n'est pas là.

– Mais parce que, quand vous êtes là, y a pas de place pour les autres.

– Pourquoi t'es dans le déni comme ça ? lui ai-je dit. Assume. C'est pas grave. De toute façon, y a pas plus homo que les homophobes.

En entendant cette réplique inoubliable que j'avais empruntée à ma mère, Mon Commandant s'est levé et a quitté la maison en claquant la porte.

Les dégâts commençaient.

Nous connaissions Liouba depuis quelques heures et, à cause d'elle, nous avions réussi à nous fâcher avec un ami qui nous aimait autant que ses Playmobil.

– On a déconné, a dit Fleur.

– On a grave déconné, a ajouté Allison.

– C'est de ma faute, ai-je reconnu. J'y suis vraiment allée fort. En plus, nous non plus on l'a jamais dragué, Mon Commandant, et ça ne veut pas dire que… Ça ne veut rien dire en fait.

– Moi, j'ai été amoureuse de lui… a dit Allison d'un ton rêveur.

Fleur et moi avons failli tomber de nos chaises.

– C'était quand ? Pourquoi tu nous as rien dit ?

– C'était en cinquième.

– En cinquième !

J'ai hurlé. Je n'ai pas pu faire autrement parce que la cinquième, c'est vraiment l'année où Mon Commandant a été le plus moche de toute sa vie. Son nez avait poussé d'un coup et brillait d'un éclat inquiétant. Au-dessus de sa lèvre supérieure un petit duvet marron s'était développé, qui lui donnait l'air sale. Ses cheveux avaient la texture d'une éponge fatiguée et les cernes sous ses yeux viraient du brun au vert. On n'aurait jamais pu prévoir qu'il deviendrait ce qu'il est devenu aujourd'hui.

Mais à quoi bon ? C'est trop tard. On a laissé passer notre chance, toutes les trois, et maintenant c'est Liouba qui va bénéficier des efforts considérables d'éducation qu'on a consacrés à notre ami. Parce qu'un ami garçon, ça s'élève, ça progresse, ça ne demande qu'à apprendre. Liouba allait récolter l'homme idéal, le fruit de notre labeur, le Frankenstein que nous avions créé à grand-peine, Fleur, Allison et moi.

– Je sais, a reconnu Allison. Il n'était pas exactement séduisant à cette époque, mais c'était à cause d'un truc qu'il avait dit un jour. Un truc qui m'avait complètement bouleversée. Ensuite je ne pensais qu'à ça.

– Qu'est-ce qu'il avait dit ? a demandé Fleur.

– Laisse-la parler, t'es chiante.

– C'est bizarre, a dit Allison. C'est très bizarre. Parce que je ne m'en souviens plus.

J'étais sûre qu'elle mentait. Ça se voyait. Allison est mauvaise comédienne. Pour nous servir ce mytho, elle avait secoué la tête plusieurs fois et écarquillé les yeux, genre « J'ai beau chercher, je ne vois vraiment pas. Ma tête est entièrement vide. Ma carte mémoire est tombée dans les toilettes. On m'a fait un lavage de cerveau ».

Je suis très curieuse, c'est un de mes problèmes dans la vie. J'ai imaginé une séance de torture assez sophistiquée, mais je me suis arrêtée presque aussitôt en pensant que Liouba, elle, ne devait pas avoir ce défaut. Elle était discrète, patiente et réservée. Et c'est justement pour ces raisons que les gens aimaient se confier à elle. Alors que moi, on ne me disait rien, jamais. Je me suis efforcée de la prendre pour modèle et j'ai soupiré :

– Quel dommage ! Ça nous aurait sûrement bouleversées nous aussi.

Allison et Fleur m'ont regardée d'un air étonné. Elles voyaient bien que je n'étais pas moi-même, mais qui aurait pu prétendre être intact après une journée pareille ? Nous étions en état de choc.

Quand ma mère est rentrée, deux heures plus tard, elle m'a demandé pourquoi j'avais acheté du flétan, du boulgour bio et des pousses d'épinards en vrac.

– Je t'avais laissé une liste avec les sous, non ?

– Je me suis dit que le poulet fumé en sachet, plus les chips, plus la mâche lyophilisée, c'était pas exactement le menu belles fesses/belle peau.

– Depuis quand on s'intéresse aux fesses et à la peau dans cette maison ? Tu me trouves grosse ?

– Non, pas toi.

– Ben qui, alors ?

– Personne. C'est au cas où. C'est un menu préventif.

– Mais moi j'aime pas le poisson, a chouiné ma mère. J'ai eu une journée de merde et j'avais envie de manger des trucs bons avec de la mayonnaise, pas des machins qu'on met cent ans à cuisiner à la vapeur.

– Moi aussi, j'ai eu une journée de merde, si tu veux savoir, et c'est pas la peine de pleurer, parce que c'est moi qui vais faire à manger. Je préfère me sacrifier plutôt que de t'entendre te plaindre.

Cette dernière phrase n'a pas plu à ma mère. Elle m'a attrapée par le col, comme si elle allait me frapper. À force de fréquenter des voyous dans les tribunaux, elle a perdu de sa féminité. Primo, je ne devais pas lui parler sur ce ton. Deuzio, si je voulais jouer à « C'est qui qui a eu la pire journée ? » j'avais intérêt à trouver quelque chose de gratiné. Tertio, elle allait faire à manger et pas moi, parce que j'étais peut-être une grande gueule, mais pas une grande cuisinière.

C'est la vérité. Pour l'instant, à part le pain avec de l'huile d'olive et du sel, je ne sais pas préparer grand-chose.

J'ai demandé pardon en pensant que l'affaire Liouba Gogol avait des conséquences plus nombreuses et plus désastreuses que je ne l'avais prévu.

4

Au début de ce nouveau chapitre, j'aimerais pouvoir écrire « Trois mois ont passé. Liouba est ma meilleure amie. Elle a besoin de moi et je crois qu'elle m'admire » ou bien « Trois mois ont passé. J'ai complètement changé. C'est incroyable, même ma mère ne me reconnaît pas. Mes traits se sont affinés, ma personnalité aussi. Je suis plus posée, plus mystérieuse qu'avant. J'ai l'impression que Mon Commandant est sous le charme. Mais je n'ai pas trop de temps à lui consacrer parce qu'on monte *Roméo et Juliette* au club théâtre et que Liouba, qui fait la mise en scène, a dit que j'étais la Juliette idéale. »

Oui, j'aimerais beaucoup pouvoir écrire tout ça. Sauf que :

Il n'y a pas de club théâtre dans mon lycée.

Je n'ai pas changé d'un poil. (À la limite, je suis pire.)

Je suis aussi mystérieuse qu'un Teletubby.

Et surtout : trois mois n'ont absolument pas passé.

C'est un problème. Un problème auquel je n'avais jamais réfléchi mais qui est assez grave : le temps de la vie n'a rien à voir avec le temps des romans. Dans la vie, on n'a pas droit aux ellipses, on ne peut pas s'envoyer dans le futur à coups d'expressions du genre « Bien des années plus tard », « L'eau avait coulé sous les ponts », ou « À vingt-deux ans, notre héroïne n'était plus », etc. Dans la vie, on est obligé de se taper tous les moments sans intérêt que la littérature évite soigneusement : les petits pipis, les files d'attente, les jours où il pleut tellement qu'on ne peut pas sortir, les semaines de vacances où les autres sont partis et pas nous, les trois minutes qu'il faut au micro-ondes pour réchauffer le repas... La liste est infinie. Si on réfléchit, la vie est même beaucoup plus pleine de ce genre de moments idiots que d'instants cruciaux.

La rencontre magique, l'échange de regards qui bouleverse le cours des choses, la conversation géniale, les événements clés qui font le tissu des livres sont éparpillés au hasard dans la vraie vie. On passe en fait le plus clair de notre temps à fonctionner, à mettre un pied devant l'autre en espérant qu'il se passe quelque chose, alors qu'en réalité il ne se passe presque jamais rien.

Vous me direz que, justement, comme c'est un livre que j'écris, comme l'histoire de la plus belle fille du monde est celle que j'ai décidé de raconter, je peux parfaitement n'en faire qu'à ma tête et filer en accéléré jusqu'au grand événement d'après. Je peux même inventer cet événement. Je fais ce que je veux. Par exemple, je décide que Mme Thiercelin, notre prof de français, commet un meurtre à la page trente pour corser mon récit. Je décide qu'Allison avoue son ancien amour à Mon Commandant et que ça tombe bien, parce que lui aussi est amoureux d'elle depuis des années.

Je vois parfaitement que c'est moi le chef et que personne ne va venir vérifier si ce que je dis est vrai, et pourtant. Dès que je suis tentée de faire ça, d'inventer, d'accélérer, d'en rajouter, quelque chose se bloque. Comme s'il y avait un détecteur de mensonge dans la page, dans l'encre du stylo. Si je vais trop vite, si j'écris seulement ce qui me fait plaisir, ça ne marche pas.

Je me demande si, quand on écrit une histoire complètement inventée, on a le même problème. Il faudrait que j'essaie un jour. Mais, pour l'instant, j'ai trop à faire avec la vérité. La vérité qui me pousse à dévier un instant de ce qui m'intéresse vraiment pour parler d'autre chose.

Car la tyrannie de la vraie vie a décidé que, le lendemain de l'arrivée de Liouba, il ne se passerait rien de spécial dans la classe. C'était comme si nous étions anesthésiés. Les élèves semblaient avoir digéré la surprise. Liouba elle-même ne s'est pas trop fait remarquer. Elle était plus silencieuse que la veille, peut-être plus soucieuse. À la cantine, il y a eu un moment d'émoi quand elle a fait son entrée et que les autres secondes, les premières et les terminales ont découvert sa beauté. C'était comme un éblouissement collectif, une onde étincelante qui s'est répandue de table en table, une inflation de murmures. Et puis le couscous est arrivé et la lutte pour les merguez a détourné l'attention.

Après ça, on a eu un contrôle d'histoire, la prof de latin absente et une heure de maths spécialement soporifique (c'est un mot que j'ai appris la semaine dernière et que j'aime beaucoup. Il signifie : qui donne envie de dormir. Je me demande s'il a été spécialement inventé pour les cours de maths. Il se peut aussi que la personne qui l'a créé ait pensé aux cours de techno, ou à ceux d'instruction civique). Liouba est partie très vite et, du coup, personne n'a eu envie de traîner devant le lycée. Mon Commandant faisait toujours un peu la gueule. Fleur avait son atelier chorale et Allison devait aller garder le chien de ses voisins.

Ça s'appelle faire du dog-sitting, sauf que sitting, jusqu'à nouvel ordre, ça veut dire assis, ou s'asseoir, ce qui ne correspond pas du tout à l'activité que m'a décrite Allison. Quand c'est un chien qu'on garde, on doit non seulement rester debout, mais faire quatorze fois le tour du pâté de maisons pour qu'il fasse son pipi, sa crotte et qu'il renifle le pipi et les crottes de ses amis du quartier. On doit, bien entendu, s'armer d'un sachet en plastique pour ramasser les déjections (j'ai envie de vomir, rien que d'y penser) et les mettre à la poubelle. Ça devrait être payé cent euros de l'heure tellement c'est fatigant et dégueulasse, mais ça varie entre cinq et sept, selon le nombre d'animaux à promener. J'ai demandé à Allison de m'expliquer l'intérêt. Pourquoi s'occuper de chiens quand on peut garder des enfants ? Elle m'a répondu que je comprendrais le jour où je me déciderais enfin à entrer dans la vie active.

Personnellement, je considère que je ne suis pas encore prête à franchir le pas. Je tiens beaucoup à mon statut de personne assistée. Ça me laisse du temps pour réfléchir. Et, d'ailleurs, en réfléchissant à la réponse que m'avait donnée Allison, j'ai pensé qu'il y avait un élément essentiel qu'elle refusait d'aborder. Un problème grave, un problème de société, dont j'ai justement eu la démonstration en sortant du lycée ce jour-là.

Je marchais lentement, histoire de profiter de l'absence de chien en laisse au bout de ma main. Un de mes itinéraires favoris pour rentrer à la maison passe devant mon ancienne maternelle. J'aime revoir mes vieilles maîtresses. J'aime qu'elles me disent que j'ai grandi. J'aime lire l'admiration dans les yeux de leurs minuscules élèves.

Juste à côté de l'école, au coin, il y a un bar d'où s'échappent des effluves de café. Le café, je n'aime pas le boire, mais j'adore le sentir.

Alors que je me faisais une petite inhalation aux abords de la terrasse, j'ai remarqué un type que je n'avais jamais vu avant. Il était habillé d'une manière assez spéciale, avec un gilet de costume sous sa veste à carreaux et un foulard noué autour du cou, fourré dans l'échancrure de sa chemise. Il devait avoir dans les quarante ou cinquante ans, portait des petites lunettes cerclées d'argent, avait un long nez très fin, des dents dans tous les sens et aurait pu figurer dans le Larousse comme illustration sous l'expression «élégance britannique». Il avait les yeux mi-clos et semblait presque dormir. Il ne voyait pas que je le regardais. S'il avait su que j'avais les yeux braqués sur lui, il n'aurait pas commis l'irréparable.

J'étais à trois mètres et j'ai tout vu: alors qu'une maman pressée tirait son petit garçon, pas pressé du tout, en lui disant: «Allez, dépêche-toi, Enzo, on va arriver en retard chez l'orthophoniste», le type à l'élégance toute britannique a tendu furtivement la jambe pour faire un croche-pied au bambin. Le bambin a perdu l'équilibre sans comprendre comment, s'est étalé de tout son long et a failli entraîner sa mère dans sa chute. Il pleurait en regardant ses mains écorchées et, quand sa mère l'a grondé en lui disant que vraiment c'est pas possible de ne pas faire attention comme ça, il a pleuré encore plus. L'Anglais a esquissé un sourire.

Je n'en croyais pas mes yeux. Je venais d'être témoin d'un attentat et je restais muette. Au lieu de montrer le type du doigt et de dire: «C'est de sa faute, je l'ai vu, il a fait un croche-pied à votre fils», je me suis tue.

Si je n'ai rien dit, ce n'est pas seulement parce

que j'étais trop étonnée pour parler, mais aussi parce que cette scène me donnait à réfléchir. Le « dog-sitting », les croche-pieds en terrasse, plus les histoires que ma mère rapportait des tribunaux, ça commençait à faire sens.

Quand j'ai dit que ma mère ne gagnait pas beaucoup d'argent en étant avocat, c'était vrai, mais ce n'est pas le seul inconvénient de son métier. L'énorme désavantage de sa profession, c'est qu'elle voit et qu'elle entend des choses horribles à longueur de journée. Elle essaie de ne pas me raconter, mais je le lis sur son visage quand elle rentre du travail. C'est comme un voile gris, quelque chose qui tire sa bouche et ses yeux vers le bas. Elle dit : « Si, si, ça va » et ça veut dire exactement le contraire. En général, après avoir bu un verre ou deux, elle passe aux aveux sans que j'aie besoin d'insister. Ça commence par un soupir, très long, très profond, suivi d'un sourire, assez long lui aussi. Elle ne donne pas de détails. C'est parce que j'ai l'habitude que je comprends de quoi elle parle. Une personne étrangère ne saurait pas forcément, en débarquant chez nous au milieu du dîner, de quoi il est question. Souvent, presque toujours, il s'agit d'enfants. Ils sont battus, torturés, on leur ment, on les abandonne, on les exploite, on les tue. Un soir, j'ai demandé à ma mère si elle ne trouvait pas que ça empirait.

– Quoi, ma chérie ?

– Les affaires dans lesquelles c'est un enfant la victime. Tu n'as pas l'impression qu'il y en a de plus en plus ?

– Non, c'est plutôt qu'on s'en occupe de mieux en mieux. On est plus vigilant. On en parle davantage.

Vous ne ferez jamais dire à ma mère que quelque chose est pire qu'avant. Elle déteste la nostalgie, elle veut croire au progrès, aux vertus de la science, à l'éveil des consciences. Elle est tellement naïve, mais bon, je crois que, si elle n'avait pas ces jolies idées auxquelles se raccrocher, elle ne pourrait pas travailler comme elle le fait, énormément, dans des conditions difficiles et en se confrontant chaque jour à des situations épouvantables.

Je suis très différente d'elle, de ce point de vue. J'ai tendance à être méfiante et pessimiste. J'observe, et rien de ce que je vois ne me rassure. Par exemple, je suis persuadée qu'il y a un problème avec les enfants. C'est un problème moderne, un problème grave dont personne ne parle alors que les indices sont flagrants. Par exemple, dans le train, les gens supportent très mal qu'un bébé pleure, mais trouvent complètement naturel de hurler dans leur portable pour dire : « Oui, là, c'est bon je suis dans le train, donc j'arrive dans deux heures, si le train n'a pas de retard. Et j'ai eu de la chance, figure-toi, parce que le métro s'est arrêté entre deux stations et que j'ai cru que j'allais le rater. » Dans ces cas-là, je me demande toujours qui est à l'autre bout du fil. Qui a envie d'avoir une conversation pareille, franchement ? Mais je m'égare.

Ça s'appelle faire une digression. C'est important les digressions, dans les romans. Je n'ai pas encore bien saisi pourquoi, mais j'ai quand même décidé d'en faire quelques-unes.

Donc, le train. Mais le restaurant aussi. Les gens trouvent que les enfants font trop de bruit au restaurant. J'ai même lu un article sur des villages aux États-Unis où les moins de dix-huit ans ne sont pas admis. En France, les trottoirs sont bondés d'adultes excédés hurlant sur des gamins en pleurs.

Cette année, on a tué un grand nombre de bébés dans le monde, on en a mis dans des congélateurs, dans des coffres, dans les toilettes. Les enfants dérangent, c'est évident. En recoupant tous ces faits, en les comparant, sans oublier d'y ajouter les histoires de ma mère, la mode du dog-sitting et les croche-pattes de l'Anglais, je crois pouvoir déclarer officiellement que quelque chose ne tourne pas rond.

Alors, vous me direz, il y a les pédophiles. Eux, ils adorent les enfants. Mais pas de la bonne manière. C'est un extrême ou l'autre, en fait. Soit on nous aime trop, soit on ne nous aime pas assez. Je dis nous, parce que, même si j'ai quatorze ans, je considère que j'appartiens encore à la catégorie des enfants.

Les ados, c'est comme des enfants en pire. Les adultes détestent. Ils nous trouvent mous, paresseux, impolis, insolents, idiots, bruyants, taciturnes. Là aussi, la liste est longue. Et moi, j'aimerais comprendre. J'aimerais savoir ce qui cloche dans notre merveilleux monde moderne. J'aimerais que quelqu'un me dise ce qu'on a fait pour mériter ça.

5

– Est-ce que tu te souviens de quand tu étais enfant ?

Il était sept heures et demie du matin et ma mère venait de répandre une mare de café à côté de son bol, parce qu'elle lisait le journal en même temps qu'elle versait.

– Putain de bordel de merde, a-t-elle dit, presque distraitement.

– Ce n'est pas une réponse, lui ai-je fait remarquer.

Elle m'a regardée avec des yeux ronds.

– Tu m'as posé une question ?

– Oui, je t'ai demandé si tu te souvenais de quand tu étais enfant ?

– J'ai pas Alzheimer, quand même, a-t-elle fait, indignée.

– Non, mais, je veux dire, est-ce que tu te rappelles bien ?

– Oui. Très bien même. Je me souviens du prénom de mes maîtresses de maternelle, de la marque de mes premières chaussures à bride. Je me rappelle même le numéro de téléphone de chez mes parents avant qu'ils déménagent quand j'avais dix ans. Je me souviens…

– OK, c'est bon. C'est pas un catalogue que je veux. Est-ce que tu te rappelles comment tu te sentais ?

– Oui. Enfin, je ne me sentais pas toujours pareille. Il y a eu plusieurs périodes.

Elle s'est interrompue tout à coup et m'a caressé la joue.

– Tu as des soucis ? a-t-elle demandé.

– Non, pas spécialement. Ou plutôt, si, comme tout le monde. Mais c'est pas ça qui m'intéresse. Ce que je veux savoir, en fait, c'est si tu te rappelles à quel moment ça s'est arrêté.

– Quoi, ma chérie ?

– L'enfance. À quel moment tu as su que c'était fini ?

Ma mère a fait une drôle de tête, comme si elle venait de se rendre compte que sa chaise était en mie de pain et menaçait de s'effondrer sous son poids. Elle a cligné des yeux plusieurs fois, s'est mordu la lèvre, a pris une profonde inspiration, a ouvert la bouche pour parler, l'a refermée et, enfin, après avoir regardé le plafond durant une éternité, elle a dit :

– Je n'ai jamais pensé que c'était fini.

En voyant une larme couler sur sa joue, j'ai compris pourquoi elle regardait en l'air. Elle l'avait sentie venir et espérait la refouler en rejetant la tête en arrière. J'étais très gênée. Je ne comprenais pas ce qui lui arrivait. Ce n'est pas du tout son genre de pleurer. Ma mère est une dure à cuire. Les mélos la font rire, les difficultés de la vie lui font froncer les sourcils, les catastrophes la rendent de mauvaise humeur. Je me suis dit que je venais, par hasard, de toucher son talon d'Achille.

J'aime beaucoup cette histoire : la mère d'Achille, il y a très longtemps, à l'époque de la Grèce antique, voulait que son fils soit invincible. Alors qu'il était tout bébé, elle l'a trempé dans une rivière magique qui avait justement pour vertu de rendre les gens immortels. Ça a parfaitement fonctionné, sauf qu'au moment de l'immersion elle l'a tenu par le talon afin qu'il ne soit pas emporté par le courant, du coup, son fils était invincible de partout, sauf de cet endroit, qu'un de ces ennemis a fini, des années plus tard, par toucher. Achille, théoriquement immortel, est donc mort. Je crois que ce genre de contes s'appelle une parabole, ce qui signifie qu'il y a un sens caché, une leçon à en tirer. En gros, ça veut dire que même les plus blindés d'entre nous ont un point faible et que c'est même ce point faible qui les rend humains. Liouba Gogol elle aussi devait avoir un point faible. Peut-être avait-elle d'horribles talons, qui sait ? Mais me voilà à nouveau en train de faire une digression. Les digressions, c'est bien, mais s'il y en a trop on perd le fil. Disons que celle-ci a eu pour fonction de vous faire patienter pendant que ma mère avait les yeux au plafond et que je ne savais pas trop comment enchaîner.

Je me suis raclé la gorge pour meubler le silence et j'ai fini par dire :

– Mais tu es d'accord que là, maintenant, de nos jours, tu es une adulte ?

Elle a hoché la tête. S'est essuyé les yeux et a souri.

– Et tu es d'accord que moi je ne suis pas encore une adulte ?

Nouveau hochement de tête.

– Donc ça veut bien dire qu'à un moment ça s'arrête. Un jour, je vais passer de l'autre côté.

Ma mère a poussé un soupir tellement profond que j'en ai frémi. Cette conversation la mettait vraiment dans un drôle d'état.

– Ce que je voudrais savoir, ai-je dit pour clarifier les choses, c'est si on s'en rend compte quand ça arrive. Si c'est comme une rupture, ou un choc. Est-ce qu'on se réveille un matin complètement amnésique ?

J'avais décidé de mener une enquête sur ce grave problème de la société moderne que j'appellerai, pour faire court, « La haine des enfants ». Après y avoir réfléchi une partie de la nuit, je m'étais dit qu'il faudrait commencer par comprendre ce qu'était un adulte et ce qu'était un enfant. Naïvement, j'avais cru qu'une petite discussion entre ma mère (une adulte) et moi (une enfant) suffirait à faire le point. Mais visiblement, c'était plus compliqué qu'il n'y paraissait.

– Je ne sais pas, ma chérie. Je ne me suis jamais posé la question. Dans les sociétés anciennes, et encore aujourd'hui dans certaines communautés, on parle de rites d'initiation qui sont destinés à marquer ce passage. Les religions aussi proposent des cérémonies spécifiques dans ce domaine. Mais, pour les individus, c'est plus flou. Certaines personnes sont vieilles à huit ans, d'autres sont encore des enfants à cinquante ans. C'est très compliqué.

Alors qu'elle scrutait la table jonchée de miettes à la recherche d'une explication, son regard a rencontré le cadran de sa montre.

– Ohlala, ma puce, il est huit heures cinq. Tu vas être en retard et moi aussi.

Nous nous sommes lavé les dents en enfilant nos manteaux et nous avons claqué la porte derrière nous sans débarrasser, laissant les questions sans réponse planer autour des bols et des assiettes sales.

Je suis arrivée à l'heure au lycée. Très essoufflée, mais à l'heure. Fleur m'attendait sur les marches, les bras croisés, la mâchoire serrée.

– Putain, j'ai cru tu n'arriverais jamais, a-t-elle grogné en me prenant énergiquement par le bras.

La cloche a sonné et nous avons grimpé les escaliers quatre à quatre jusqu'à la salle 107. Juste avant de pénétrer dans le couloir, Fleur s'est arrêtée sur le palier et m'a dit, hors d'haleine :

– Je te préviens, la guerre est déclarée et Allison est du mauvais côté de la barrière. Grosse collabo, si tu vois ce que je veux dire…

Je ne voyais pas du tout ce qu'elle voulait dire, mais je n'avais pas le temps de le lui demander avant le début du cours. Nous avons rejoint en courant le reste de la classe pour suivre Mme Grandberger, notre prof d'anglais, dans sa salle tapissée de photos de David Bowie.

David Bowie est un chanteur de pop rock qui a été très important à une époque. L'époque où Mme Grandberger, qui a la taille d'un CP et ressemble à un chat, était jeune. Je pense qu'elle était amoureuse de lui. Afin de vivre sa passion, et même de la rentabiliser, elle a décidé de devenir prof d'anglais et d'enseigner la grammaire et la culture britannique en n'utilisant que les chansons de son idole. Nous passons donc beaucoup de temps avec elle à écouter des tubes des années 80 et à les traduire en français. Certains élèves reprochent à Mme Grandberger d'être démago. Ils disent qu'elle croit nous être sympathique en nous passant de la musique soi-disant de jeunes. Mais je ne pense pas que ce soit pour nous faire plaisir, je suis même persuadée qu'il s'agit d'une histoire d'amour sincère, vécue par classe interposée.

Ce jour-là, elle avait choisi de nous faire travailler sur Andy Warhol, qui est à la fois le titre d'une chanson de son prince charmant et le nom d'un peintre américain adepte du pop art qui s'est rendu célèbre en peignant le visage de Marilyn en couleurs flashy. Au tableau, elle avait accroché une reproduction de ce portrait décliné en plusieurs teintes.

Jusqu'à cette année, j'avais toujours pensé que

Marilyn Monroe était la plus belle femme du monde et de tous les temps. C'était avant l'arrivée de Liouba et j'étais curieuse de faire la comparaison.

Je me suis retournée le plus discrètement possible afin de repérer où se trouvait la nouvelle, et mon cœur a failli s'arrêter de battre quand j'ai constaté qu'elle était au troisième rang, à la même table qu'Allison.

– Ça y est, t'as compris ? a chuchoté Fleur.

J'ai fait oui de la tête, mais je manquais encore d'éléments pour conclure à la haute trahison.

Je n'étais pas non plus certaine que Liouba était notre ennemie. C'était plus compliqué que ça. Elle agissait, sans le vouloir, comme un révélateur ; un révélateur de gros nez, un révélateur de boutons, un révélateur de cheveux ternes. Elle ne faisait rien pour ça et peut-être n'en était-elle même pas consciente.

Et puis, soudain, je me suis dit qu'on était devenues dingues avec cette histoire. Qu'est-ce que ça pouvait bien faire d'être belle ? Et puis qu'est-ce que ça voulait dire ? C'était quoi, la beauté ?

J'ai fixé les différents visages de Marilyn en couleurs affichés au tableau. Pourquoi était-il préférable d'avoir une bouche pulpeuse, un petit nez et des yeux en amande ? Qui avait décidé qu'un nez qui descend jusqu'au menton, de gros yeux globuleux et une petite bouche pincée rendent moche ? Naissions-nous avec, encodée dans notre cerveau, l'image de l'humain idéal ? Était-ce quelque chose que l'on construisait en grandissant ?

Je me souviens que je trouvais ma nounou très belle quand j'étais bébé. Mme Lotte, que j'avais le droit d'appeler Lolotte, avait peu en commun avec une star du cinéma hollywoodien. Elle était petite, avec de très gros mollets et un buste étroit. Elle avait les paupières tombantes, un gros nez rond et un menton très long qui avançait comme celui des Dalton. Je la croise de temps en temps dans le quartier. Elle n'a pas changé. Elle est toujours aussi gentille et elle m'appelle Mistinguette. Mme Lotte est vraiment laide, je le sais aujourd'hui, mais, quand j'avais deux ans et demi, je me souviens que je lui caressais la joue et que je lui disais qu'elle était la plus belle du monde, avec maman.

Que s'est-il passé en moi pour que je change d'avis à ce point sur son physique ? Comment ai-je été corrompue, et par quoi ? Était-ce quand je la trouvais belle que j'étais victime d'une illusion, ou était-ce maintenant que mon jugement était tordu ?

– *So, Sandra, what is this song about ?*

Mme Grandberger était devant moi, serrant contre son cœur un CD sur lequel était écrite une mystérieuse expression: «*Hunky Dory*». Elle venait sans doute de nous donner des indices concernant la signification de la chanson, mais je n'avais rien écouté.

– *The song is about Marilyn Monroe,* ai-je tenté à tout hasard.

– Il ne suffit pas de regarder en classe, Sandra. Il faut aussi écouter, m'a-t-elle dit.

J'ai baissé les yeux. J'aimais bien Mme Grandberger et la chanson qu'elle nous avait fait entendre au début du cours était vraiment pas mal, mais je n'avais pas du tout la tête à travailler.

Les énigmes se bousculaient en moi. J'ai souri à la prof et j'ai croisé les bras sur ma table pour adopter la posture typique de la bonne élève. Ce n'était qu'un mime, car, au-dedans, la désorganisation la plus totale régnait. Lancés à pleine vitesse sur les autoroutes de mon cerveau, des mots se télescopaient, créant des collisions effrayantes. J'étais au bord de l'implosion. C'était comme si un trop grand nombre de questions et une trop grande absence de réponses avaient créé un déséquilibre risquant de détruire tout ce que mon éducation avait patiemment construit. Autrement dit:

je ne comprenais plus rien à rien. La beauté n'était plus une réalité, mais un mot vide de sens. Les adultes n'existaient pas, et pourtant ils détestaient les enfants. J'étais débordée par une marée de paradoxes.

Les paradoxes, c'est quand des choses incompatibles coexistent. C'est très angoissant. Ça donne l'impression que rien n'est stable.

Et, à force de réfléchir en rond, je me suis mise à avoir mal au cœur ; une nausée du fond des tripes. Les murs ont commencé à tourner lentement autour de moi, et tout à coup j'ai bondi de ma chaise pour quitter la salle avant de vomir sur Fleur.

Arrivée aux toilettes, j'ai penché la tête au-dessus d'un lavabo mais rien n'est venu. J'avais les jambes molles, et mes bras, appuyés sur la faïence, tremblaient tellement que tout mon corps en était secoué.

– Qu'est-ce qui t'arrive ? a demandé Fleur, que Mme Grandberger avait envoyée à ma poursuite. Tu veux aller à l'infirmerie ?

Je ne pouvais pas lui répondre. Le tremblement de mes bras s'était généralisé à tout mon corps.

– Tu fais semblant, là ? On dirait que tu as une crise cardiaque. Arrête, c'est horrible. Ou non, pire, une crise d'épilepsie. Si c'est ça, si c'est une crise d'épilepsie, je t'en supplie, n'avale pas ta langue, parce qu'il paraît que c'est ce qui arrive. Moi, je serais censée te mettre les doigts dans la bouche pour empêcher que tu t'étouffes, mais je te préviens, ça me dégoûte trop. Je n'y arriverai jamais. Alors concentre-toi, pendant que tu es encore normale. Répète dans ta tête plusieurs fois: «Je n'avale pas ma langue. Je n'avale pas ma langue. Je n'avale pas ma langue.»

Fleur était complètement en panique, j'avais l'impression qu'elle ne s'arrêterait jamais de parler. Mais bizarrement, ça m'aidait. Toutes les conneries qu'elle disait entraient dans ma tête et prenaient la place de mes pensées emmêlées.

Je sais qu'on n'écrit pas le mot «connerie» dans un livre. Ça ne se fait pas, sauf que, sans le savoir, j'étais en train de démarrer une gastro-grippe foudroyante et que, en écriture comme en sport, on peut perdre ses moyens à cause d'un virus.

Fleur a posé la main sur mon front en continuant de psalmodier: «Je n'avale pas ma langue. Je n'avale pas ma langue», et sa main m'a paru glacée.

– Oh, la vache, a-t-elle crié. Tu brûles. Tu dois avoir quarante-cinq de fièvre.

– J'ai froid, ai-je dit en grelottant.

Je claquais tellement des dents qu'on comprenait à peine ce que je disais.

– Reste là. Assieds-toi par terre. Je vais chercher quelqu'un.

Fleur a tourné les talons pour emprunter le couloir qui menait à l'infirmerie mais, trois secondes plus tard, elle était de nouveau à côté de moi.

Elle s'est accroupie et m'a dit :

– Ne meurs pas, hein ?

J'ai souri. C'était une blague. Je savais qu'elle disait ça pour me faire rire. Et pourtant, il y avait quelque chose de grave dans le fond ; c'était émouvant, comme un serment, même si je n'en ai jamais prêté (oui, je sais, c'est bizarre, mais c'est comme ça qu'on dit : « prêter serment »), même si je n'en ai jamais reçu (là, je ne sais pas si c'est comme ça qu'on dit, « recevoir un serment », mais ça sonne bien, non ?).

J'ai essayé de lui serrer le bras, pour la rassurer et la remercier en même temps, mais il n'y avait plus aucun muscle, ni aucun nerf en moi. J'avais changé de matière. En moins d'un quart d'heure, j'avais muté, l'ensemble de ma chair et de mes os s'était transformé en yaourt.

6

J'ai dû relire le certificat médical trois fois avant d'accepter la dure réalité. Le docteur Vidella m'accordait trois jours d'absence. Trois jours alors qu'il m'aurait fallu trois mois pour m'en sortir. Ma mère, que l'infirmière avait convoquée quand je m'étais évanouie, m'avait conduite chez la pédiatre dans sa Twingo parfumée au chien mouillé-cigarette-Toblerone. Un vrai mystère, cette odeur, car nous n'avons pas de chien et ne mangeons jamais de Toblerone. Il n'y a que la cigarette de logique là-dedans. Mais ce n'est pas le problème. Le problème, c'est de continuer à aller chez le pédiatre quand on a quatorze ans.

Je ne sais pas pourquoi ma mère s'obstine à m'emmener chez le pédiatre alors que tous les gens que je connais vont chez un généraliste. On a l'air ridicule toutes les deux dans la salle d'attente. Les bébés se traînent à quatre pattes sur le lino, boivent leurs biberons, font caca dans leur couche sous les acclamations de leur mère. Et moi, au milieu de ça, j'ai l'air d'une grande courgette attardée.

« Fidélité est une vieille copine », me dit toujours maman. Fidélité, c'est le prénom du docteur Vidella. Et, comme Fidélité est une vieille copine, on obtient un rendez-vous dans l'heure quel que soit le jour et on se fait soigner sans payer. C'est vrai que ça fait deux bonnes raisons pour ne pas changer, mais je serais prête à attendre comme tout le monde et à payer la consultation de ma poche pour éviter de me retrouver dans cette situation embarrassante.

Et là, je vous arrête tout de suite, je sais ce que vous pensez. Vous pensez que moi aussi je déteste les enfants, que, sous couvert de dénoncer l'injustice qui leur est faite, je participe au mouvement de haine généralisée qui déferle contre eux. Rien de plus faux. C'est juste que je me sens déplacée dans cette salle d'attente où je dois choisir entre l'hebdomadaire *Pipounet* et le mensuel *Monptilou*.

Quoi qu'il en soit, le jour de l'évanouissement et de la gastro-grippe foudroyante, je n'avais pas envie de lire. J'étais trop faible pour ça. Je claquais des dents et toute mon énergie était absorbée dans l'effort nécessaire à maintenir ma tête à peu près droite au sommet de mon cou.

Ma mère, de son côté, regardait sa montre toutes les quinze secondes parce que, comme elle me l'avait expliqué, elle avait une audience à seize heures et ne pouvait pas se permettre d'arriver en retard.

En revanche, pensais-je, tu peux sans doute te permettre de m'abandonner, moi, ta fille unique, dans la salle d'attente pleine de miasmes d'un médecin pour bébés qui ne se rappelle jamais mon prénom et préfère bavarder avec toi qu'inspecter mes amygdales.

J'ai pensé un instant me re-évanouir, histoire de mettre ma mère en face de ses responsabilités, mais je n'avais pas la force de jouer la comédie. De toute façon, nous sommes passées à temps, Fidélité a décrété que j'avais un petit virus très répandu en ce moment – autant dire que j'étais la malade la plus banale de la journée – et que quelques jours au lit suffiraient à régler ça.

Alors que nous étions sur le pas de la porte et que ma mère enfilait son manteau tout en faisant la bise à sa vieille copine, Le docteur Vidella m'a demandé: «Sinon, tout va bien, l'école, les copains, la vie?» Je l'aurais tuée, mais pour ça aussi, je manquais de forces.

Une fois dans mon lit, j'ai repensé à sa question: «L'école, les copains, la vie?»

Ça tombe plutôt bien parce que, vu que je suis malade, je n'ai rien à raconter ou à décrire, hormis les méandres que dessine la fissure au plafond de ma chambre, du coup, je vais pouvoir faire le bilan nécessaire à la poursuite de cette histoire. Parce que me connaître moi, c'est bien, c'est – comme dirait Marthe Robert – «le roman des origines». Mais, si on veut s'aventurer du côté des origines du roman, je vais devoir vous parler plus en détail de Fleur, d'Allison et de Mon Commandant.

Tous les quatre, nous nous connaissons depuis très, très longtemps. Nous sommes devenus amis en première classe de maternelle, dans des circonstances que je qualifierais de tragiques. Et là, je m'arrête un instant pour vous faire remarquer que, depuis le début de ce livre, c'est la première fois que nous touchons du doigt ce qu'on appelle le «suspense». Si j'étais un écrivain cruel, je vous laisserais mariner un peu, je partirais dans une digression de douze pages sur les mérites comparés du jardin d'enfants et de l'école primaire; je m'attarderais sur les affres de la séparation d'avec les parents, le rôle du doudou à l'heure de la sieste collective, le goût dudit doudou, son merveilleux fumet; je vous forcerais à retrouver l'enfant qui est en vous et à me suivre sur le chemin des souvenirs : peinture au doigt, colliers de pâtes, mini-cabinets, tapis-mousse multicolores pour la gymnastique, dames de service noires qui font des bisous, photos collées au-dessus du portemanteau pour ne pas confondre avec celui du voisin… Je pourrais en faire des pages et des pages sur ce thème, mais je n'y arrive pas. Primo, je ne suis pas cruelle; deuzio, j'aurais trop peur que vous arrêtiez de lire et que vous ne pensiez même plus à ces fameuses circonstances tragiques dont j'ai parlé.

Allons-y donc pour le tragique. Le mot n'est pas trop fort, vous allez voir.

Fleur, Allison, Mon Commandant et moi, nous sommes devenus amis le jour où notre maîtresse est morte. Notre maîtresse de première classe de maternelle, celle qui était censée être un genre de maman de remplacement. Personne ne nous l'a annoncé. Il doit y avoir une loi qui interdit de révéler à des enfants de moins de cinq ans que leur maîtresse est morte. C'est trop triste, ils ne comprendraient pas. La directrice est entrée dans notre salle et, avec une voix très gentille, elle nous a expliqué que Jocelyne était partie faire un long voyage et qu'on ne la reverrait plus jamais. Omar a demandé si elle nous enverrait une carte postale et la directrice a répondu, l'air un peu embêté : « Non, parce qu'elle est en croisière sur un bateau, alors il n'y a pas de boîte aux lettres. » Les élèves ont hoché la tête. Tous, sauf quatre : Fleur, Allison, Mon Commandant et moi. Nous nous sommes regardés et chacun a su que les autres savaient. C'était inexplicable.

On ne s'était jamais parlé avant ça. Moi, j'étais amie avec Omar, Fleur avec Katya, Allison avec Verna et Jason, et Mon Commandant avec Trong et Louis. Mais à cet instant, quand on a compris, chacun dans son coin, que Jocelyne était morte, que nous n'étions que quatre à le savoir, et que le reste de la classe ne s'en doutait pas, une sorte de courant s'est établi entre nous, un mélange entre de la télépathie et quelque chose de plus bizarre qui, je crois, n'a pas de nom ; une communication qui ne passe pas par l'esprit, mais par le cœur. On sentait d'un côté notre tristesse à tous les quatre et, de l'autre, l'absence de tristesse du reste de la classe. Tout à coup, nos « petits camarades » – comme les appelait toujours la directrice – nous ont semblé lamentables, des bébés insouciants, des imbéciles.

Jocelyne a été remplacée dès le lendemain par Marie-Virginie, qui avait des cheveux blonds si longs qu'ils descendaient plus bas que ses fesses et des jeans à paillettes. Tout le monde préférait Marie-Virginie à Jocelyne. Sauf nous. Parce que, d'accord, Marie-Virginie était plus jolie, et peut-être même plus gentille, mais Jocelyne était morte, et ça, c'était plus fort que tout.

Sans nous concerter, nous avons gardé le secret. La mort de Jocelyne, c'était comme la non-existence du Père Noël, mais en pire, quelque chose de sacré. Même entre nous, nous n'en parlions pas. Nous n'avions pas les mots pour exprimer ce que nous ressentions. Nous n'osions pas prononcer l'adjectif « morte », nous ne trouvions pas que le qualificatif « triste » correspondait à nos émotions.

Quand on apprend à parler, il y a un moment très spécial durant lequel on est convaincu qu'il existe un mot pour chaque chose, pour chaque sentiment, pour chaque couleur. On n'ose pas ouvrir la bouche de peur de se tromper, on pense que le langage est une science exacte. Je ne sais pas si vous vous rappelez cette période, moi, je m'en souviens très bien. Par exemple, pour décrire le vide que la mort de Jocelyne avait créé et le vide supplémentaire que créait l'ignorance des autres, je pensais qu'il y avait un mot que ma mère, ou n'importe quel autre adulte connaissait. Je me disais que, moi aussi, un jour, je le connaîtrais et que, ce jour-là, je pourrais enfin parler de Jocelyne. Mais ça ne fonctionne pas comme ça. En grandissant, on découvre que, pour dire les choses, on dispose de très peu de moyens, il faut mélanger plusieurs mots, comme avec les couleurs, rouge + jaune = orange, mais en beaucoup plus compliqué et, surtout, en beaucoup plus décevant. La plupart du temps, on est à côté de la plaque. C'est même un miracle qu'on puisse parvenir à se comprendre. C'est sans doute grâce aux gestes et aux expressions du visage. Le langage, en lui-même, est très peu fiable. Quand on écrit, c'est pire, parce qu'on ne peut pas répéter trois fois la même chose. Ça ne se fait pas, c'est une faute de style, alors que, dans la conversation, on passe son temps à redire les mêmes choses.

Exemple (ce dialogue est reproduit aussi fidèlement que ma mémoire le permet. Il a eu lieu il y a quelques mois entre Allison et moi, et illustre parfaitement mon propos) :

ALLISON : Diego m'a dit qu'il y avait plus de place pour le concert.

MOI : Ah, génial ! On va pouvoir y aller.

ALLISON : Ben non, justement, c'est mort.

MOI : Pourquoi ? Si y en a plus, y en a pour nous.

ALLISON : C'est pas parce qu'on connaît le batteur qu'on est pistonnées à la Fnac.

MOI : Mais on n'a pas besoin de piston, puisqu'il en reste.

ALLISON : De quoi ?

MOI : Des places.

ALLISON : Mais non, ça fait trois heures que je t'explique ! T'es bouchée ou quoi. Y en a plus !

MOI : Ah, y en a plus ? Je croyais qu'il y en avait plus (prononcer plusse).

Bon, j'avoue, ce n'est pas du Racine. Mais on voit bien que, si je n'avais pas été en face d'Allison pour lui renvoyer la balle, elle ne se serait jamais rendu compte de mon incompréhension, j'aurais continué de penser que « plus » signifiait « davantage » et je serais allée à la Fnac pour des prunes. Rien de dramatique là-dedans, j'en conviens. Mais quand je pense aux écrivains qui passent des heures, des jours, des mois, à écrire des phrases très importantes pour eux, des histoires parfois très complexes, mais pour lesquelles il est interdit de répéter, je me dis que c'est un métier ingrat et très risqué. Si ça se trouve, les gens ne comprennent rien aux livres qu'ils lisent.

Tant pis.

Je continue quand même le mien, au cas où ma théorie serait fausse.

J'en étais donc à raconter comment on s'était rencontrés, Allison, Fleur, Mon Commandant et moi. Après la disparition de Jocelyne, nous avons mis quelques mois à nous rapprocher, comme si nous avions eu besoin de temps pour changer d'orbite. Au bout de quelque temps, les petites planètes que nous étions se sont mises à tourner autour du même soleil, un soleil noir, terrifiant et fascinant: notre maîtresse morte.

Mais je déforme les choses en les racontant ainsi, c'est typique de l'adulte qui relate ses souvenirs d'enfance, en les interprétant au fur et à mesure. Aujourd'hui, même si je n'ai que quatorze ans, je sais que c'est la disparition de Jocelyne qui nous a soudés, mais, sur le coup, nous nous sommes lentement déplacés les uns vers les autres pour une simple question de confort. Soudain, j'étais plus à mon aise avec Mon Commandant qu'avec Omar. D'ailleurs, pour être vraiment honnête, je ne devrais pas l'appeler Mon Commandant, parce que nous n'avons commencé à le surnommer comme ça qu'en CP. Sauf que, dans ce cas, l'honnêteté contribuerait plutôt à obscurcir l'histoire qu'à la clarifier. Me voilà donc obligée de revoir ma théorie sur la vérité dans les livres : on doit dire la vérité, mais pas toute la vérité.

Vers le mois de mai, nous étions devenus ce que les directrices et les directeurs d'école nomment avec horreur et mépris « un petit groupe ». J'ignore pourquoi les petits groupes représentent un tel danger pour l'Éducation nationale, mais j'ai remarqué à plusieurs reprises que l'ambition du personnel éducatif est systématiquement de les rompre en séparant les amis. Pour briser le nôtre, il aurait fallu quatre classes par niveau, or il n'y en a jamais eu que deux. Une année, ils ont réussi à isoler Fleur en CM1a, alors que Mon Commandant, Allison et moi étions en CM1b ; une erreur dont l'école Curie n'est pas encore remise. Nous avons bien sûr tenté de faire semblant de ne plus être amis, dans l'espoir de nous retrouver dans la même classe, mais la directrice n'était pas dupe. Quoi qu'il en soit, rien n'aurait pu nous séparer et, jusqu'à aujourd'hui, jusqu'à cette année de seconde où nous sommes de nouveau dans la même classe, j'avais cru que rien ne nous séparerait jamais.

Et pourtant, durant les trois jours que j'ai passés enfermée chez moi à frôler l'overdose de télé, seule Fleur est venue me rendre visite. Elle m'a photocopié les cours importants et m'a préparé une tarte à la rhubarbe pour que je connaisse ce goût avant de mourir, au cas où.

– Je ne peux pas manger ça, lui ai-je dit. C'est tout gluant, on dirait du céleri et ça sent l'acide.

– Mais imagine que tu meures. Il y a quand même certaines expériences que tu regretteras de ne pas avoir vécues.

– Pourquoi veux-tu que je meure, j'ai même plus de fièvre.

– Je ne veux pas que tu meures. Je veux juste que tu goûtes la meilleure tarte du monde.

Fleur est comme ça, très gourmande et très têtue. La nourriture est au premier plan de ses préoccupations, à égalité avec la hauteur des chaussettes (jusqu'au genou ou plus ; mi-mollet ou cheville, c'est poubelle).

– Toi, si tu allais mourir, lui ai-je demandé, tu chercherais quel plat il faut absolument que tu goûtes avant d'y passer ?

– Non.

J'étais soulagée.

– Tu es comme tout le monde, finalement. Tu voudrais connaître le grand amour, passer une folle nuit de sexe et, éventuellement, avoir un enfant pour voir l'effet que ça fait de se faire appeler « maman ».

– Non.

– Ben alors quoi ?

– Ben alors je n'aurais pas besoin de chercher, pour le plat, parce que j'y ai déjà réfléchi. J'ai même fait un genre de testament en cas d'AVC. Parce que, tu comprends, si je perds l'usage de la parole et que je m'achemine vers une mort certaine, j'aimerais que mes proches sachent à quoi s'en tenir.

– Et alors ?

– Steak tartare. C'est révulsant, ça risquerait même de hâter mon trépas, mais j'y tiens.

– « Hâter mon trépas », comment tu parles ?

– C'est à cause de la mort. Quand je parle de la mort, mon vocabulaire s'élève. C'est bizarre.

J'ai donc reçu la visite de Fleur et de sa merveilleuse tarte au crachat de Martien, mais aucune nouvelle de Mon Commandant ni d'Allison. Je n'arrivais pas à croire que Mon Commandant puisse être encore fâché à cause de cette histoire de Playmobil pédé. Ça ne lui ressemblait pas. Quant à Allison, je l'imaginais dans sa lune de miel avec Liouba : place réservée à côté d'elle, échange de numéros de portable, de crayons de maquillage, de tee-shirts. J'ai demandé à Fleur de me faire un rapport circonstancié des activités scolaires et extrascolaires en mon absence, mais elle est tellement confuse que ça n'a pas donné grand-chose. Un peu comme les cours qu'elle a photocopiés pour moi. Son écriture est illisible et tout est mélangé sur sa feuille. Ça donne à peu près ça :

L'argumentation est un système mis en place dans le but de persuader, de convaincre l'interlocuteur, le lecteur.

Comment reconnaître un texte argumentatif ?

Caractéristiques et mots-clés :

Michèle, ma belle sont des mots qui vont très bien ensemble.

Les mots, les maux, Momo.

Mon gâteau préféré : le paris-brest

Types d'arguments :

Les rapports de cause à effet. Tel phénomène entraîne tel autre selon le postulat du déterminisme. exemple : « Fumer entraîne des troubles gastriques, donne mauvaise haleine et perturbe l'odorat comme le goût. »

Oui, mais ça rend cool. J'ai l'air cool quand je fume. Je fume pour de faux.

Ma mère fume trop, je la déteste.

L'ironie : l'ironie est une argumentation par l'absurde, qui tente de séduire le lecteur en faisant appel à son intelligence. Système de connivence. Risque d'être pris au premier degré. Récepteur complice, mais danger de malentendu.

Allô, y a quelqu'un dans le tuyau ?

Je ne sais pas comment Fleur arrive à passer chaque année dans la classe supérieure. C'est un tel fouillis dans sa tête. Je crois que c'est à cause de sa frange. Je veux dire, c'est grâce à sa frange qu'elle finit toujours par s'en sortir. Sa frange est absolument parfaite, coupée très net juste au-dessus des sourcils, bien lisse, bien lourde, très convaincante ; la frange, dans l'argumentation, ça compte aussi. À chaque conseil de classe du troisième trimestre, elle est convoquée. Tout le monde est d'accord pour dire qu'elle n'a pas le niveau mais, quand elle entre dans la salle, avec sa frange impeccable et son col en V sur sa chemisette blanche (j'ai oublié de préciser que Fleur va au lycée en uniforme, comme une Anglaise), les profs craquent. Elle a tellement l'air d'une bonne élève qu'on ne peut pas la faire redoubler.

Avant de refermer le dossier de mes trois jours de convalescence, je me dis qu'il faudrait aussi, pendant que j'y suis, que je dise un mot du physique d'Allison et de Mon Commandant. Quand on décrit un personnage, je ne sais pas pourquoi, on a l'impression qu'il existe davantage. C'est comme s'il pouvait se mettre à marcher, sortir des pages et se mêler aux vraies personnes. Vous me direz que Mon Commandant et Allison ne sont pas des personnages puisque ce sont mes amis. Dans la vie, oui, mais dans mon livre, non. Dans mon livre, ce sont des personnages. C'est la règle, ils sont comme aplatis entre les pages. Je vais donc leur donner un peu de substance avant de poursuivre.

Mon Commandant est un garçon, donc beaucoup plus difficile à décrire qu'une fille. C'est le plus petit de nous quatre. Il doit mesurer un mètre soixante-deux. Il a des cheveux raides et bruns qui tiennent en l'air tout seuls, sans gel, sans rien, parce qu'il a énormément d'épis. Il a des taches de rousseur qu'il déteste, mais que moi j'aime bien, de très longs cils qui lui donnent l'air doux et des bagues aux dents qui le font un peu zozoter. En relisant, je me rends compte que j'en ai fait un monstre alors que ce n'était pas du tout mon intention. Dans l'ensemble, il est plutôt mignon et, surtout, j'aime bien sa façon de s'habiller avec des affaires un peu trop serrées, manches trop courtes, pantalons feu de plancher, vestes étriquées, on dirait Gavroche, dans l'album illustré des *Misérables* que j'avais quand j'étais petite. Il a deux petites sœurs jumelles de deux ans qu'il appelle les Bouboules. Il est très fort en maths et en histoire, nul dans les autres matières.

Allison… Allison, je lui en veux. J'ai peur de ne pas être objective, mais je vais quand même essayer de faire son portrait. C'est la plus grande de la bande. Elle est très mince, métisse, avec des yeux bleus. Elle a été adoptée quand elle avait trois ans et ne se souvient plus de rien avant ça. Elle adore un peu trop ses parents. Parfois, j'ai l'impression qu'elle se force. Sa mère est pompier et son père est éclairagiste sur des comédies musicales. C'est vrai qu'ils sont sympas. Il y a toujours de la musique chez eux. Allison danse hyper bien. Elle dit: « C'est mon sang de Noire » avec un accent africain génial. Allison est la plus forte en classe du groupe. Elle veut devenir chirurgienne. Ça m'énerve parce que, à force de la décrire, j'ai envie de la voir. Tout à coup, elle me manque alors qu'elle nous a trahis. Elle est passée dans le camp de l'ennemi et, d'après ce que m'a dit Fleur, ça ne s'est pas arrangé pendant mon absence. Allison est allée au café avec Liouba; elles ont été vues au square; une rumeur court selon laquelle elles seraient allées au cinéma mardi soir.

– Et avec toi, elle est comment? ai-je demandé à Fleur.

– Normale.

– Comment ça, normale? D'habitude, c'est à côté de toi qu'elle s'assoit. C'est avec toi qu'elle va au café. Elle s'est dédoublée ou quoi?

– Non. Parfois elle se met à côté de moi.

– Et quand elle est à côté de toi, c'est qui qui est à côté de Liouba ?

– Ben...

– Ben quoi ?

– Fleur a passé la main sous sa frange, comme pour essuyer la sueur sur son front.

– Étienne aussi... parfois, Étienne...

– Qui c'est ça, Étienne ?

Fleur n'a pas eu besoin de répondre. Il me restait suffisamment de neurones pour me souvenir que c'était le prénom de Mon Commandant.

7

En trois jours de convalescence, j'ai donc appris que le paris-brest était le gâteau préféré de Fleur, et que quelque chose, comme une épine, un courant d'air, s'était glissé au cœur de notre amitié. Fleur, Allison, Mon Commandant et moi n'étions plus un «petit groupe», nous étions quatre personnes distinctes, ayant chacune ses intérêts, ses priorités. Vous pensez peut-être que j'exagère, que j'enterre un peu vite dix ans d'histoire, mais un changement de place doublé d'un changement de nom sont des indices qui ne trompent pas. Mon Commandant avait été rebaptisé, il ne nous appartenait plus, il n'était plus notre créature. Étienne avait repris son indépendance. Quant à Allison, elle avait succombé à l'attrait de la nouveauté. J'ai essayé de me consoler en me disant qu'il me restait Fleur, mais Fleur avait prononcé le prénom retrouvé de Mon Commandant en rougissant, comme si elle avait secrètement participé à ce nouveau baptême. Si elle avait été parfaitement claire, elle n'aurait pas utilisé le langage de l'ennemi, elle aurait eu recours à notre bon vieux code.

Le troisième soir, à la veille de retrouver ma bande de traîtres, j'ai voulu solliciter un entretien avec ma mère.

– Toi, tu as plein d'amis, non ? ai-je lancé, l'air de rien.

Elle a penché la tête de côté, à la façon des chiens dans certains films sentimentaux venus droit d'Amérique.

– Tu connais beaucoup de monde, je veux dire. Et quand tu étais étudiante, tu devais en connaître encore plus.

– Oui, a-t-elle répondu, prudente, comme si elle se demandait à quel genre de procès je comptais la faire comparaître.

– Est-ce qu'il y en a que tu ne vois plus ? Que tu as perdus de vue ?

– Bien sûr, c'est le cours des choses. On évolue, les chemins se séparent. Je ne vais pas te servir tous les clichés sur le sujet, mais la plupart sont vrais.

Elle venait de rentrer du travail et se tenait debout dans la cuisine, sac à main sur l'épaule, doudoune zippée jusqu'au menton.

Je me suis assise sur une chaise, pensant qu'elle m'imiterait et qu'on pourrait faire tranquillement le tour de tous les clichés avec lesquels elle m'avait allé-chée. Mais elle n'a pas bougé. Elle avait l'air distrait et méfiant à la fois, redoutant de se faire entraîner dans une de ces conversations fleuves dont j'ai le secret.

– Tu as oublié, hein ? a-t-elle demandé en regardant par la fenêtre.

– Oublié quoi ?

– C'est l'anniversaire de Mimi, je t'avais demandé de te préparer pour qu'on puisse partir dès mon retour.

Mimi est une des sœurs de ma mère, ma plus jeune tante au passé sulfureux dont les anniversaires sont toujours des occasions très spéciales. Mimi a été toxicomane de quatorze à vingt-quatre ans. Elle a tout essayé, dit ma mère, qui refuse de me donner plus de détails parce qu'elle craint, en le faisant, de me donner des idées. Mimi a failli mourir une douzaine de fois, a été portée disparue, a fait de longs séjours dans divers hôpitaux et centres de désintoxication et a fini par s'en sortir grâce à l'aide d'un ami boulanger.

Je ne sais pas exactement comment il s'y est pris, si c'est grâce à la farine (un autre genre de poudre blanche) ou au sucre glace, qu'il a réussi à la détourner de son addiction. Quoi qu'il en soit, aujourd'hui Mimi a l'air un peu cramé, mais elle fonctionne. Elle travaille chez un marchand de vis et de boulons qui clame qu'il n'a jamais eu une employée aussi méticuleuse. Elle bégaie un peu, des tics parcourent son visage quand elle est nerveuse ou émue, ses ongles sont rongés au sang et elle a parfois du mal à trouver ses mots, mais, à trente-quatre ans, elle a la grâce d'une fée et rend les hommes fous d'amour.

J'imagine qu'une des raisons pour lesquelles ses anniversaires se déroulent souvent dans une ambiance assez particulière est que, durant plus de dix ans, son entourage se demandait combien de temps elle allait durer, si elle allait arriver complètement défoncée à la fête organisée pour elle, ou si elle ne préférerait pas passer sa soirée loin de sa famille, sous un pont ou dans un squat, à tenter de profiter de la vie en la perdant.

– Désolée, maman, ai-je dit sans essayer de trouver une excuse bidon pour cet oubli. Ça m'était complètement sorti de la tête. Tu as un cadeau ?

– Je lui ai pris une paire de boucles d'oreilles chez Nina. Des lunes en nacre.

Je ne sais comment, j'ai compris que ma mère

n'était pas entièrement satisfaite de son cadeau. Trop bon marché ? Trop banal ? Quoi qu'elle lui offre, ce n'est jamais à la hauteur, parce qu'elle aime énormément sa petite sœur et ne peut pas s'empêcher de se sentir coupable des années atroces durant lesquelles la jeunesse de Mimi s'est effilochée.

J'ai enfilé mon manteau en lui assurant que la nacre était vraiment une très bonne idée parce que avec le teint mat de Mimi, ça allait être magnifique. Elle m'a remerciée avec un sourire tordu et nous sommes parties dans la nuit glacée et humide vers l'appartement absurde de ma grand-mère.

Sylvette, notre ancêtre à toutes (elle détesterait savoir que je l'appelle comme ça), habite une série de cagibis sous les toits. Elle appelle ça « mon loft », mais je crois qu'elle ne maîtrise pas le concept. Elle a réuni plusieurs chambres de bonne, toutes plus mansardées et biscornues les unes que les autres, et les a meublées à base de poufs, de tentures et de morceaux d'armoires basques monumentales qui ne passaient ni par les portes, ni par les vasistas. Où que l'on se trouve, on a l'impression que la station debout est déconseillée. Pour se sentir parfaitement à son aise, il faudrait ramper. Sauf que je déconseille à quiconque de ramper sur la moquette à poils longs de Sylvette qui, au fil des ans, a dû se transformer en jungle hantée par diverses tribus d'acariens mutants. Il est vrai que Sylvette mesure un mètre quarante-cinq et qu'elle ne se doutait pas qu'elle engendrerait des filles plus grandes qu'elle qui, à leur tour, donneraient naissance à de nouvelles portées de géantes. En plus de l'exiguïté des lieux, l'atmosphère est toujours embrumée par des fumerolles d'encens. Sylvette, vous l'aurez peut-être compris, a un lourd passé de baba cool.

Les babas cool sont des gens qui, dans les années 70 portaient des pulls très longs et très larges, des bandeaux dans les cheveux, des chemises avec des manches descendant beaucoup plus bas que le bout de leurs doigts, des jupes indiennes et beaucoup de khôl sur et sous les paupières. C'est ma mère qui me l'a raconté. Elle me cache, cependant, des choses sur leur mode de vie, toujours dans l'idée de ne pas me donner trop d'idées.

Chez Sylvette, ce soir-là, on aurait pu lancer une alerte orange pour cause de brouillard. On se voyait à peine les unes les autres.

– Ça sent la friture ! s'est-elle exclamée en ouvrant la porte, avant même de nous dire bonjour. Ne me dites pas le contraire. Ça pue, je sais. J'ai mis de l'encens, mais ça sent encore. C'est terrible. Je ne sais pas ce qui m'a pris de faire des magrets. Folle, je suis folle. Posez vos manteaux là, a-t-elle ajouté en nous montrant un tas de vêtements près de la porte.

Ma mère et moi étions les dernières arrivées. Mon autre tante, Margot, et ses filles, Lisa, huit ans et Ninon, cinq ans, étaient affalées sur un divan mal en point et regardaient un livre d'images, tandis que Mimi se rongeait les ongles, tout en fumant une cigarette d'une main tremblante près d'une lucarne entrouverte.

– Joyeux anniversaire, Mimi, a dit ma mère en serrant sa sœur dans ses bras.

Sans faire attention, elle a écrasé la cigarette de Mimi dans les plis de sa doudoune qui a commencé à prendre feu.

– Oh, mince, mince, a dit Mimi, les bras ballants, paralysée par l'incident.

Aucune flamme ne jaillissait du tissu, mais une fumée plus épaisse et plus âcre que celle de l'encens s'élevait de la poitrine de ma mère, elle aussi pétrifiée.

J'ai pris la situation en main sous la forme d'un vase. Sans perdre de temps à retirer les roses qui s'y trouvaient, j'en ai renversé le contenu sur ma mère.

– Merci, ma chérie, a-t-elle dit en ramassant les fleurs.

Mimi gloussait en haussant les épaules. Margot n'a pas levé la tête. Faire comme si de rien n'était est notre devise familiale. « Rien n'est grave » étant celle de Sylvette, qui s'est contentée de dire : « Laisse-les par terre, comme ça, c'est ravissant » en parlant des roses. J'ai passé une partie de ma soirée à retirer les épines des tiges qui jonchaient le sol, parce que je craignais que mes petites cousines ne se blessent.

J'aime beaucoup Lisa et Ninon. Elles sont très sérieuses et appliquées. Quand on leur demande ce qu'elles veulent faire plus tard, Lisa répond qu'elle veut devenir potière et inspecteur de police, et Ninon, portefeuille et jardinière. J'ai essayé un jour de lui faire comprendre que portefeuille n'était pas un métier, mais elle a dit que je ne comprenais rien.

– Pas portefeuille comme un portefeuille, a-t-elle rétorqué en éclatant de rire. Je suis pas débile. Je veux être portefeuille comme les messieurs en costume.

Je ne sais toujours pas ce qu'elle entend par là, mais je respecte son choix.

Nous avons mangé les magrets en écoutant des chants tibétains. Sylvette n'avait préparé ni entrée ni légumes parce que c'est tellement bourgeois, non, cette idée qu'il faut quelque chose autour, quelque chose en plus. Heureusement, Margot avait fait un gâteau au chocolat et, quand nous avons planté les bougies, Lisa et Ninon ont chanté *Joyeux anniversaire* à deux voix. Ensuite, elles ont proposé un spectacle à base d'imitations d'animaux. J'ai reconnu l'autruche et le koala, ma mère a reconnu la poule, Margot a reconnu le narval, le toucan, la taupe, le hibou et le puma – mais c'est normal, c'est leur mère, Sylvette a cru reconnaître l'hippocampe (mais en fait, c'était une souris), et Mimi n'a rien reconnu, elle a juste répété plusieurs fois qu'elle aurait adoré être un écureuil.

Quand elle a ouvert ses cadeaux, elle a pleuré. Ninon a demandé à Lisa de lui expliquer pourquoi.

– C'est l'émotion, a chuchoté la grande sœur à l'oreille de sa cadette.

– Mais ça veut dire qu'elle est contente ou qu'elle est triste ?

– Les deux.

– Comment on peut être triste de recevoir un cadeau ? C'est pas logique, a dit Ninon en secouant la tête.

– C'est pas logique, mais c'est vrai, a déclaré Lisa d'un air profond et définitif.

Sur le chemin du retour, j'ai médité sur la formule

de ma cousine. « C'est pas logique, mais c'est vrai », comme si ce qui était vrai était plus fort que tout.

Ma mère a poussé un immense soupir en se garant et je lui ai demandé ce qui n'allait pas.

– Rien, a-t-elle répondu. Rien de spécial.

– C'est le PDP ?

– Qu'est-ce que c'est que ça, le PDP ?

– Le Poids Du Passé. C'est un truc qu'on a inventé avec Fleur, Allison et Mon Commandant.

En prononçant le nom de mes amis, j'ai été envahie par une vague poignante de nostalgie.

– Oui, c'est quelque chose comme ça, a dit ma mère en me caressant la tête. Et, à mon tour, j'ai poussé un long soupir.

8

Le lendemain matin, le PDP pesait plus lourd sur mon dos que mes 16 kg de livres et de classeurs. J'avais l'impression qu'à chaque pas je m'enfonçais dans le bitume. J'avais les jambes molles, mais ce n'était pas à cause de la maladie. C'était la peur, et la honte de me retrouver dans la classe comme une étrangère, parce que mes amis m'avaient trahie, qu'ils avaient retourné leur veste du jour au lendemain. J'allais être seule, seule comme Sally Konichekis, avec sa pelade, son chemisier fermé jusqu'en haut rentré dans son pantalon bleu marine et sa petite croix en or sur la poitrine, ses lunettes à monture d'acier, son cartable en cuir tout raide et ses déclarations inoubliables du genre : « Chez nous, le hachis parmentier, c'est fête ! » ou encore : « Je préfère de loin les chiens aux chats ! » prononcées d'un ton ferme et suivies d'un petit rire inexplicable.

Si mon livre était écrit par quelqu'un d'autre, il pourrait y avoir une scène très émouvante maintenant, au cours de laquelle je deviendrais la meilleure amie de Sally Konichekis. Je m'assiérais à côté d'elle par dépit et je découvrirais que, sous ses dehors rebutants, SK a une personnalité étonnante, un humour ravageur et un cœur d'or. Ce serait la preuve que les apparences sont trompeuses et que la plus belle fille du monde est peut-être la plus belle, mais pas la plus sympa. Ça ferait une morale très morale et on pourrait peut-être même vendre l'idée à Hollywood. Sauf que, pour Hollywood, il faudrait un genre d'épilogue où SK, grâce à mes conseils, deviendrait très cool et très branchée, elle pourrait enfin prendre sa revanche sur des années de célibat et tournerait la tête à tous les garçons du lycée.

Malheureusement, nous sommes dans mon livre et, dans mon livre, il n'y a que des choses normales et ennuyeuses qui se passent à cause de ma fichue théorie de la vérité. Donc, quand je suis entrée en classe, je me suis assise à côté de Sally Konichekis, comme ça, pour voir, mais elle a fait une grimace qui exprimait quelque chose comme: «Je ne sais pas si c'est une boule puante ou ton nouveau parfum, mais ça ne me réussit pas du tout.» puis elle s'est levée pour aller s'installer à l'autre bout de la salle. J'étais ce qu'on appelle dans le jargon scolaire une « victime au carré », c'est-à-dire une victime de la victime.

J'ai soudain compris ce qu'ils veulent dire, aux informations ou dans les articles de journaux, quand ils utilisent l'expression : « Sa vie a basculé. » *« Jean-Pierre était cadre supérieur dans une entreprise, marié à Clotilde avec qui il avait deux enfants, il semblait plus que n'importe qui à l'abri des coups durs. Seulement voilà, Clotilde le quitte, l'alcool s'en mêle et la vie de Jean-Pierre bascule. »* Eh bien, Jean-Pierre, ce jour-là, j'ai touché du doigt une qualité de détresse semblable à la tienne. Bon, c'est vrai, je ne suis pas SDF, je ne suis pas alcoolique, mais je comprends parfaitement le principe de l'engrenage, de la descente aux enfers.

Je n'ai pas écouté un mot de toute la matinée. J'ai vaguement entendu la prof de maths déclarer : « Et ça, il faut vraiment que vous le reteniez parce que, pour le devoir sur table de vendredi, c'est ce qui fera la différence ! » J'ai noté dans mon cahier de textes devoir sur table maths à la page de vendredi, histoire de me donner l'impression que je m'accrochais encore un peu, mais j'ai passé la fin du cours à dessiner sur la page d'à côté des enluminures à base de crânes, de cœurs brisés et de bouches hurlantes. J'envisageais de devenir gothique quand, Dieu soit loué, la sonnerie de la cantine a retenti. Je me suis jetée hors de la classe, pour ne pas risquer de croiser le regard de mes anciens amis. Une voix dans mon dos a prononcé mon nom. Elle m'a semblé lointaine, méconnaissable. Je ne me suis pas retournée. J'ai couru jusqu'à la sortie, je me suis faufilée derrière le surveillant qui gardait la porte et je me suis retrouvée dans la rue à midi cinq, l'heure à laquelle, d'habitude, nous jouons dans la queue du self à Qui veut gagner des rognons. C'est une parodie débile de jeu télévisé inventée par Allison un jour de grande hypoglycémie. On se pose des questions du genre : « Tu préfères ton père ou ta mère ? », « Est-ce que les filles sont plus fortes, physiquement, que les garçons ? », « Quel est le roman médiéval préféré de Joey Starr ? ». Quelle que soit la réponse, le jury annonce que c'est le mauvais choix et que les rognons vont être remis en jeu. J'ai imaginé Fleur, Allison et Mon Commandant en train d'expliquer à Liouba le principe de ce merveilleux divertissement intellectuel et j'ai presque eu de la peine pour eux. Les vieux trucs bien débiles et bien confortables qu'on fait avec des potes de dix ans ne se transmettent pas comme ça au premier venu. Il faut avoir vécu le fou rire du jour où, miracle, il y avait des rognons au menu de la cantine, pour vraiment comprendre l'impact émotionnel d'une partie apparemment sans intérêt. Liouba devait les trouver tellement bêtes et puérils. Mais peut-être avaient-ils abandonné nos meilleurs rituels du jour au lendemain. Peut-être trouvaient-ils eux-mêmes que les rognons étaient dépassés. J'en avais froid dans le dos.

La tempête glaciale de la veille avait lavé le ciel. Le soleil bas brillait au milieu d'une large étendue bleue qui faisait plisser les yeux tant elle était lumineuse. J'ai eu envie d'aller manger un sandwich sur un banc du square, mais j'avais oublié de prendre de l'argent. J'ai accepté mon jeûne avec calme. Le martyre, ça devient bon quand c'est total. Non seulement je m'excluais moi-même de la cantine, mais en plus j'allais goûter la solitude l'estomac vide. J'en avais presque le vertige.

Un petit tour aux abords de mon ancienne maternelle a achevé de réduire mon cœur en miettes. J'ai repensé à notre maîtresse morte, à notre remplaçante aux cheveux infinis, aux siestes les yeux ouverts où l'on était content rien que de voir que les autres ne dormaient pas non plus.

Alors que je passais devant le café du coin, j'ai remarqué l'Anglais sadique en terrasse. Il faisait des ronds de fumée dans l'air, calme, un fume-cigarette de vingt centimètres calé entre le majeur et l'annulaire. J'allais passer tout près de lui. Me ferait-il un croche-pied ? Une douleur physique ajoutée à ma douleur morale aurait joliment achevé mon calvaire. Mais non. J'ai été doublée. Au moment où je m'approchais dangereusement de sa table, une maman et sa petite fille, surgies de je ne sais où, se sont précipitées en sens inverse. J'ai eu le temps de voir la bottine de l'Anglais s'élancer vivement entre les petites jambes de la fillette et j'ai fait un pas de côté pour éviter d'être entraînée dans sa chute. Mains écorchées, sanglots à fendre l'âme, mère qui gronde et console en même temps.

À peine relevée, la petite fille a montré l'Anglais du doigt en hurlant : « C'est lui, c'est lui ! Il m'a fait un croche-patte ! » Elle avait les joues barbouillées de larmes et de morve, un bonnet vert pomme et deux gros yeux marron très intelligents. Le sadique s'était attaqué à plus fort que lui. Elle l'avait démasqué. Le garçon de café est sorti, alerté par le bruit, quelques passants se sont retournés. L'Anglais ne bougeait pas d'un millimètre. Il continuait à fumer, impassible, alors que le petit génie de quatre ans et des poussières l'accusait en pleurant. J'étais paralysée.

– Dis-moi, ma grande, tu as vu quelque chose ? m'a demandé gentiment la maman en me prenant par l'épaule.

Je devais avoir l'air particulièrement choquée pour qu'elle me parle aussi gentiment.

Je n'ai pas répondu, figée par un mélange d'étonnement et d'angoisse.

– Est-ce que ce type a vraiment fait un croche-pied à ma fille ? a-t-elle murmuré à mon oreille. Parce que, si c'est le cas, il va avoir affaire à moi !

Je ne sais pas ce qui m'a pris. Je pense pouvoir évoquer à nouveau les notions de bascule et de descente aux enfers, car je ne vois aucune autre explication à mon attitude. Après un long silence, j'ai fini par articuler d'une voix de robot, avec une puissance qui m'a surprise moi-même :

– J'ai tout vu. Il n'a rien fait. C'est une menteuse. Elle s'est cogné le pied contre cette chaise, là.

Les passants et le serveur, rassurés par ma version sont retournés à leurs occupations. La maman m'a regardée d'un air soupçonneux (j'avais peut-être exagéré en traitant sa fille de menteuse), a dévisagé l'Anglais qui lui a souri de toutes ses dents tordues, et a pris sa fille dans ses bras pour la consoler avant de passer son chemin.

Je venais de produire un faux témoignage. Je savais, par ma mère, que c'est beaucoup plus grave que ce qu'on a tendance à croire. Un faux témoignage peut être interprété comme une forme de complicité et, du coup, entraîner la prison. J'avais glissé mon doigt dans un engrenage et je sentais déjà mon bras se faire broyer par les roues dentelées du destin.

– Vous voulez boire quelque chose, mademoiselle ? m'a demandé l'Anglais sans le moindre accent.

Il m'a désigné le fauteuil à côté de lui. Je me suis assise, aussitôt nimbée par la bulle de chaleur que diffusait le chauffage à gaz en forme de champignon situé au-dessus de nos têtes.

– Une bière, ai-je dit parce que cela me semblait la boisson la plus appropriée à boire avec un sadique doublé d'un pédophile.

– Un lait grenadine pour ma nièce, s'il te plaît, Émile, a-t-il crié en direction de la salle.

Une minute plus tard, le serveur m'apportait un grand verre couleur barbapapa avec une touillette ornée d'une tête de chat.

– Miaou, a dit l'Anglais.

– Miaou, ai-je répondu.

9

« Ne jamais se fier aux apparences », me suis-je dit sur le chemin du lycée. Je me suis aussi répété : « La réalité dépasse la fiction. » Je ne me contentais pas d'être en route pour l'enfer, je devenais un catalogue de lieux communs. Assaillie par une marée de dictons : « Ne dis pas fontaine, je ne boirai jamais de ton eau » – ce genre de concentrés de sagesse populaire qui encombrent l'esprit et déposent leur pollution visqueuse sur les moindres pensées –, je cheminais le cœur battant, émue, effrayée, perplexe. Je venais de rater une heure de cours, sans raison, sans mot d'excuse. J'avais l'estomac plein, un peu trop, même. L'entrecôte nageait dans le lait grenadine. Il fallait que je me calme, que je trouve une histoire plausible à raconter à la CPE pour obtenir un simple billet de retard et éviter la lettre d'absence non justifiée qui inquiéterait ma mère inutilement. J'essayais de me concentrer, mais rien ne venait. Ma situation me paraissait futile, ma vie elle-même me semblait sans importance. C'était comme si on m'avait ouvert la tête en deux et que le cosmos entier s'était glissé à l'intérieur. J'avais conscience de mon infinie petitesse et c'était aussi effroyable qu'exaltant.

Personne ne m'a vue entrer dans le lycée. Comme si j'étais devenue immatérielle. J'avais quitté la routine pour pénétrer dans une autre dimension. Et tout ça à cause d'un Anglais.

Alors que je méditais sur l'étrangeté de mon état, le regard perdu dans les dalles de lino du couloir, j'ai percuté quelqu'un de plein fouet. Son menton a heurté ma joue, son genou le bas de ma cuisse. Avant de voir qui c'était j'ai hurlé :

– Ça va pas la tête !

J'ai levé les yeux et j'ai vu la plus belle fille du monde me regarder d'un air surpris et amusé.

– Ben, où t'étais passée ? m'a-t-elle demandé.

Je ne pouvais pas lui répondre. Je ne sais comment les choses en étaient arrivées là, mais lui adresser la parole aurait été équivalent pour moi à un acte de haute trahison. Je me sentais comme un résistant sommé de pactiser avec un nazi.

– T'inquiète pas, a-t-elle enchaîné. J'ai le cahier

d'appel. On n'a qu'à mettre du Typex. La CPE n'y verra que du feu. J'ai l'habitude.

Elle a tiré un flacon de blanc de sa trousse et, d'un coup de pinceau, a effacé toute trace de culpabilité. Elle a refermé le cahier d'appel en le faisant claquer d'un air victorieux et s'est mise en route vers les ateliers du troisième étage. J'ai oublié de vous dire que nous sommes en option arts plastiques, ce qui nous fait passer, aux yeux des autres, pour les plus grands glandeurs du lycée. Comme je ne bougeais pas d'un pouce, elle s'est retournée et m'a demandé :

– Qu'est-ce qui t'arrive ? T'es encore malade, en fait. T'aurais peut-être pas dû revenir en cours si vite. Tu as l'air tout bizarre.

Elle a rebroussé chemin et a posé la main sur mon front. J'étais horrifiée et charmée. Choquée et rassurée.

– Tu as fait exprès de piquer le cahier d'appel ? lui ai-je demandé, comme si l'avenir de la nation dépendait de sa réponse.

– Quoi ?

J'ai répété ma question.

– Comment ça, exprès ? a-t-elle demandé.

– Exprès pour moi, parce que tu avais remarqué que j'avais séché la cantine et la première heure de cours ?

Elle a ouvert grand les yeux, puis, en haussant les épaules, elle a dit :

– Non, non. C'est juste là, en te voyant, que j'ai eu l'idée du Typex. Le cahier d'appel, je l'ai pris parce que… je suis cleptomane.

Elle m'a saisi le bras, et c'est sous son escorte que je suis arrivée en cours de dessin. L'endroit où la main de Liouba était posée, agrippant le moelleux du biceps juste au-dessus du pli du coude, était tout chaud. Je sentais mieux le contact de ses doigts que celui du sol sous mes pieds, de l'air sur mon visage. Tous mes nerfs étaient venus se nouer sous sa paume, électrisés, aimantés. J'ai essayé de me rappeler ce que cette sensation m'évoquait, ce côté précis dans le flou, piquant dans le doux, mais j'ai très vite interrompu l'enquête, la première image qui m'est apparue étant celle des cils de Victor Delzeanne en très gros plan, aussi épais que des brins d'herbe, au moment où il avait approché son visage du mien pour… bon, vous voyez la scène, pas la peine de vous faire un dessin. Putain, j'étais en train de tomber amoureuse d'une fille.

Épouvantée par cette hypothèse, je n'ai pas immédiatement perçu la violence des flèches décochées par trois paires d'yeux au moment de notre arrivée. Mais, dès que Liouba m'a lâché le bras et que j'ai pu m'asseoir, j'ai vu, au premier rang, trois têtes tournées vers moi, semblables à celles de trois hiboux colériques. Ma petite bande au grand complet me dévisageait.

Et là, je me trouve dans un embarras narratif dont je ne sais pas si Marthe Robert parle dans son livre. Pour être juste, à cet instant du récit, il faudrait à la fois que je puisse raconter ce qui se passe dans ma tête et qui est en même temps très lent et très rapide, et ce qui se passe dans la réalité, entre les quatre murs de la salle, à un rythme encore différent. Peut-être que certains écrivains ont trouvé la solution pour faire coexister ces divers niveaux, mais je n'ai pas encore assez lu pour le savoir. Pour être vraiment fidèle, il faudrait que, sur la même page, je puisse décrire M. Palissat, notre prof d'arts plastiques, et livrer un genre de compte rendu de son cours, auquel se superposeraient les regards de Fleur, Allison et Mon Commandant qui, eux-mêmes, serviraient de toile de fond au bavardage de Liouba dans mon oreille, à sa voix qui coule contre mon tympan et me brûle. Ce qui me permettrait d'expliquer à quel point cela m'horrifie et m'angoisse.

Histoire de calmer le jeu, et, pourquoi pas, de

faire monter le suspense, je vais vous dire un mot de M. Palissat. Il ne s'agit pas là que d'un subterfuge, ni d'une façon, pour moi, d'échapper à un examen de conscience périlleux, notre professeur d'arts plastiques est quelqu'un de réellement intéressant. Il est indien, se maquille les yeux, s'habille toujours en blanc et parle d'une voix si douce qu'on doit se pencher légèrement vers l'avant pour l'entendre. Au début de l'année, c'était le bordel intégral pendant son cours, mais il a réussi, sans se démonter, avec sa manière très spéciale de se déplacer entre les tables, et en peignant, sur une immense frise de papier, une guirlande d'or tout autour de la salle, à nous enfermer dans un genre de cocon nébuleux. Les sujets qu'il donne sont assez difficiles et, en même temps, assez proches de ce qu'on faisait en maternelle. Par exemple, ce jour-là, le jour où Liouba Gogol a posé la main sur mon bras, il nous a dit, une fois que nous étions tous installés, de regarder chacun notre voisin de droite. Nous avons tous tourné la tête du même côté, du coup, nous contemplions l'arrière d'un crâne. Sauf ceux qui se trouvaient en bout de rang et qui, avant de pouvoir protester, ont été invités à se tourner vers la gauche pour admirer une série de visages.

– Est-ce qu'une boîte ouverte est encore une boîte ? a-t-il demandé ensuite.

J'ai fixé le chignon de Liouba, qui était comme une poignée de porte, comme un couvercle et je me suis dit que la boîte qui se cachait derrière, sa boîte crânienne, était hermétiquement close.

– Maintenant, je vais vous demander de fermer les yeux quelques instants, a susurré M. Palissat.

Nous avons obéi. Nous avons l'habitude. Ce professeur spécialisé en art visuel nous demande très souvent de fermer les yeux. C'est pour la concentration, nous explique-t-il. C'est pour que vous plongiez en vous-même. Au début, certains élèves ricanaient, mais, au bout de quelques semaines de cours, quand la fatigue et la lassitude ont commencé à s'installer, l'ironie a fait place à la gratitude. Ça faisait du bien de fermer les yeux. Après l'excitation de l'interclasse et les hurlements dans l'escalier, le plongeon en soi présentait de nombreux avantages. C'était l'occasion d'une micro-sieste, d'une respiration.

– Je vais compter jusqu'à quatre. Quand vous rouvrirez les yeux, vous vous mettrez tout de suite au travail. Sans réfléchir. Crayon, stylo, feutre, ça m'est égal. Vous tracez ce qui vous vient.

Une des nombreuses choses que j'aime chez M. Palissat, c'est qu'il ne compte jamais jusqu'à trois. Un jour, il a compté jusqu'à vingt-cinq, dans un silence tellement inattendu, tellement solennel que Dolorès Portevano s'est mise à pleurer. Elle a expliqué que ça lui rappelait la minute de silence qu'elle et son petit frère avaient tenu à faire cinq ans plus tôt à la mort de Sergio, leur cochon d'Inde.

J'ai ouvert les yeux et j'ai tracé un cercle, puis une flèche. J'ai pensé que j'étais en train de dessiner une cible et ça ne m'a pas plu, alors j'ai dessiné un œil au milieu du rond et des flèches dans l'autre sens.

– C'est beau, a dit Liouba en regardant mon dessin.

J'ai regardé le sien. Elle avait tracé un rectangle en perspective, absolument parfait, une boîte, ni ouverte ni fermée, mais vide.

J'aurais aimé lui retourner le compliment, sauf que j'en étais incapable ; sa figure géométrique sublimement exécutée faisait froid dans le dos.

– Debout tout le monde ! a dit M. Palissat d'une voix plus forte que d'habitude. On ne s'attarde pas. On passe à autre chose. L'espace. L'espace. L'espace ! a-t-il ajouté en tendant à certains d'entre nous des pelotes de fil.

L'exercice suivant consistait, pour certains, à relier des élèves entre eux et pour d'autres à échapper au lien. J'ai pensé que notre prof venait de se suicider scolairement. Nous avons beau avoir entre quatorze et seize ans, il ne nous en faut pas beaucoup pour retomber en enfance. Je prévoyais qu'en moins de cinq minutes la salle se transformerait en aire de jeux à l'heure de pointe.

Comme la scène qui suit est indescriptible, à moins que vous n'ayez vu beaucoup de films des Marx Brothers, ou que vous ne soyez capable d'imaginer le chaos qui règne à l'intérieur d'une maraca en plein carnaval de Rio, je vais faire le point sur ma vie intérieure à l'instant T où Mon Commandant vient d'enrouler un fil autour de mon poignet droit.

Si ce livre était un film, il y aurait le *Magnificat* de Bach en fond sonore. Je ne l'ai jamais entendu, mais je trouve que ça convient ; rien que le titre du morceau sonne bien. Donc, si vous avez un CD du *Magnificat*, vous le glissez dans votre lecteur avant de lire la suite.

Mon Commandant a fait trois tours de fil autour de mon poignet. Il serre. Je n'ose pas lever les yeux vers lui. D'ailleurs, ce n'est plus Mon Commandant, c'est Étienne, et Étienne est un étranger. Je ne le connais pas. Je me sens rougir, à cause de la timidité, de la culpabilité aussi. Pourtant, je n'ai rien fait de mal. Quoique… Si j'avais vu Allison ou Fleur au bras de Liouba, j'en aurais fait une crise cardiaque. Qu'est-ce qui m'a pris ? Comment ai-je pu me laisser toucher comme ça ? Est-ce que les cleptomanes volent aussi des personnes ? Quand les boucles d'oreilles Monoprix et les tee-shirts H&M ne leur suffisent plus, les cleptomanes volent-elles quelqu'un ? Suis-je une proie ? Étienne serre plus fort. Je sais qu'il me regarde, mais je ne lève pas les yeux. Je pense à l'Anglais. Je pense que j'ai séché une heure de cours pour déjeuner dans un café avec un inconnu. Qu'est-ce qui m'a pris ? Je pense à cette histoire de vie qui bascule, je pense au danger, à tous les dangers. Je pense que Mimi avait exactement mon âge quand elle a commencé à se droguer. Mais cette pensée-là est trop désagréable, trop puissante, trop attirante aussi, comme de la glu, comme du miel. Je ne veux pas avoir ça dans la tête. Je veux que tout soit comme avant, calme, doux, facile. Pour chasser l'image de ma tante, je me concentre à nouveau sur l'Anglais. Je me repasse notre conversation.

– Je fais une enquête sur la haine des enfants. C'est pour ça que j'ai menti tout à l'heure. Pour entrer en contact avec vous, lui dis-je devant mon lait grenadine.

– Je ne crois pas, répond-il.

– Si, si, je vous assure. J'ai remarqué votre truc. Les croche-pattes aux enfants. C'est pas la première fois que vous le faites. Je ne vous juge pas. Je trouve ça intéressant. Je suis sûre que vous pouvez m'aider à comprendre.

– À comprendre quoi ?

– Pourquoi les adultes détestent les enfants.

Il me dit que je me trompe. J'ai dû mal voir. Il ne ferait jamais une chose pareille. C'est tellement cruel, et tellement lâche aussi. Il pense que j'ai inventé ce prétexte pour engager la conversation ; parce que je m'intéresse aux adultes, aux hommes plus âgés. Au moment où il dit ça, je sens une chaleur épouvantable se répandre partout dans mon corps, comme si j'avais avalé toute l'eau d'une bouillotte. Il rit. Il voit que je suis très gênée et précise que c'est parce que je suis en manque de père que les hommes m'attirent, et que, de toute façon, lui, il ne s'est jamais intéressé aux petites filles. Je ne comprends pas comment il sait que mon père est le grand absent de mon existence. Il allume une cigarette et tire sur son fume-cigare avec un petit bruit de succion. Je pense au personnage assis sur le champignon dans *Alice au pays des merveilles,* un gros bonhomme avec un narguilé qui se prend pour un philosophe et donne son avis sur tout. J'ai envie de partir, mais l'entrecôte est déjà commandée, et j'ai faim. L'Anglais me raconte sa vie. Il n'est pas anglais, il est argentin. Il écrit des romans. Il voudrait écrire des polars, mais il n'y arrive pas. À la place, il écrit des histoires sentimentales qui n'intéressent personne. Il s'énerve contre les éditeurs. C'est très ennuyeux. La viande est dure et la conversation aussi, j'ai l'impression de mâcher autant de mots que de nerfs. Les adultes sont chiants, me dis-je. Ils s'écoutent parler. Ils ne pensent qu'à eux. Ils ne s'intéressent pas au monde, ne se posent pas de questions. Ils veulent juste avoir plus. En terminant mon assiette, je me dis que je me fiche de savoir pourquoi ils nous détestent. L'écrivain argentin me dit qu'il s'appelle Augusto. Je lui dis que je m'appelle Liouba en serrant la main qu'il me tend. Je le remercie pour le repas. Je pense un tout petit instant à ce qu'on dit aux petites filles qui vont pour la première fois à l'école toute seule : « Si un monsieur te propose des bonbons, tu dis non et tu t'en vas. » Moi, j'ai dit oui à une entrecôte. C'est sans doute gravissime. Je lève les yeux vers Étienne. Il me sourit.

M. Palissat a déclaré la fin du jeu des pelotes, et les élèves se sont désembobinés dans un calme étonnant. Certains d'entre nous avaient les joues rouges, d'autres étaient décoiffés, mais la débâcle attendue n'avait pas eu lieu. Le prof nous a demandé de nous rasseoir à nos places et de mettre en couleurs notre dessin, pour ceux que la couleur tentait. Les autres pouvaient passer à l'étude en trois dimensions ou écouter de la musique.

Nous n'avons pas assez l'habitude de la liberté pour bien fonctionner avec M. Palissat. Le fait qu'il nous donne le choix nous rend complètement conformistes. Les élèves ont tous opté pour la couleur comme de gentils petits moutons. Tous les élèves sauf une qui s'est levée et s'est rendue au fond de la salle où se trouve l'atelier de modelage.

Vous pensez sans doute que l'élève en question est Liouba Gogol, parce qu'elle est nouvelle, parce que c'est la plus belle, parce que c'est un peu l'héroïne de cette histoire. Mais non, l'élève pas comme les autres, pour une fois, c'était moi.

10

– Maman, est-ce que tu n'as pas parfois l'impression que la vie est comme un voyage en avion ?

Ma mère a éclaté de rire en entendant ma question. Nous mangions une soupe de marrons surgelée qui avait la couleur et la texture de la poussière mais était assez bonne quand même.

– Quelle jolie métaphore ! s'est-elle exclamée. Qu'est-ce que tu veux dire par là, en fait ? Qu'on va beaucoup trop vite dans un endroit très lointain où il risque de faire trop chaud ?

– Non, je n'avais pas pensé à ça.

Je n'ai pris l'avion qu'une fois dans ma vie, pour aller en Écosse rencontrer la mère de mon père, donc ma grand-mère, sauf que ça fait bizarre de l'appeler comme ça parce que je ne l'ai jamais revue après ça. J'avais douze ans et elle allait peut-être mourir, alors mon père avait eu la merveilleuse idée de lui présenter tous ses petits-enfants en une semaine, au rythme d'un par jour (il ne tenait pas à ce qu'on se croise). Je crois qu'elle est morte peu de temps après. On peut parler d'euthanasie sans risque de se tromper. C'est un peu comme si mon père l'avait achevée. Je ne me souviens pas très bien d'elle. Je sais, ça ne fait que deux ans, mais j'ai complètement oublié son visage et, comme nous ne parlions pas la même langue, il ne s'est pas passé grand-chose entre nous.

Ce que je me rappelle très bien, en revanche, c'est le voyage en avion. La pochette qu'on m'avait remise avec mon billet et ma carte d'identité à l'intérieur, la tête des autres enfants qui, comme moi, voyageaient sans adulte, et l'hôtesse de l'air qui nous parlait comme à des peluches. Pendant le vol, surtout à l'aller, j'ai cru que j'allais mourir. Environ vingt minutes après le décollage, le pilote a annoncé qu'il fallait rattacher les ceintures parce que nous allions traverser une zone de turbulences. J'ai fait ce qu'on me disait et, soudain, j'ai senti l'appareil, le Boeing 147 pesant trois mille tonnes, tomber d'un coup dans le vide. J'ai crié. Je n'ai pas été la seule. Il y a même une dame dans ma rangée qui s'est mise à pleurer. La chute a duré deux ou trois secondes, peut-être encore moins, mais l'impression dans le ventre, l'idée qu'il n'y avait rien en dessous, que l'air c'est mou, que c'est même tellement mou qu'on ne le sent pas, transformait ces secondes en éternité. Si nous tombions de dix mètres, nous pouvions aussi bien chuter de dix mille. Qu'est-ce qui nous retiendrait ? Visiblement, quelque chose nous a retenus, vu que je suis encore là pour en parler, mais j'ai eu clairement le sentiment de la fin. Je me rappelle aussi le sourire de l'hôtesse, un peu crispé, mais pas tant que ça finalement. Ça devait lui arriver souvent. Pendant que moi je croyais mourir, elle, elle se demandait si son ravissant petit chapeau allait rester bien gentiment sur sa tête, et regrettait de ne l'avoir fixé qu'avec une seule épingle.

Et c'est là que je voulais en venir quand j'ai dit à ma mère que la vie était comme un voyage en avion. Parfois on croit qu'il se passe quelque chose de très grave, on le sent physiquement, mais c'est une illusion. D'autres personnes embarquées avec nous, parce qu'elles ont plus d'expérience, parce qu'elles sont moins sensibles, ne s'alarment pas.

J'ai essayé de lui expliquer tout ça, mais j'ai dû mal m'y prendre parce que au lieu de me répondre quelque chose de logique comme : « Oui, c'est vrai, la vie ressemble à un voyage en avion et c'est pour ça qu'il faut garder confiance » ou : « Non, la vie ne ressemble pas à un voyage en avion parce que, à la fin, on meurt forcément», elle s'est gratté la tête et a dit :

– Je me demande si je n'ai pas fait une énorme connerie.

– De quoi tu parles ?

– De ton éducation, mon poussin.

– Tu trouves ma question complètement débile, c'est ça ? Tu trouves qu'à l'âge que j'ai je devrais être plus intelligente ? Tu aurais préféré que je dise : « Tu n'as pas l'impression que la vie est comme un volcan ? » Quelque chose de plus poétique ? Tu trouves que je suis superficielle, c'est ça ? Mais c'est vrai. Tu as raison. Je suis devenue complètement superficielle en quelques jours. Je ne sais pas ce qui m'arrive. Enfin si, je sais. Mais…

Je me suis interrompue de moi-même parce que j'ai remarqué que ma mère me regardait d'un air très bizarre, les yeux plissés, comme si j'étais devenue microscopique et qu'elle faisait bien attention à ne pas me perdre de vue.

– Quoi, qu'est-ce qu'il y a ? j'ai demandé, légèrement paniquée.

Ma mère a secoué la tête et a souri.

– Il y a beaucoup de choses, mon lapin. Il y a que tu es mieux que tout ce que j'aurais pu imaginer et que, si quelqu'un dit que tu es superficielle, je lui fous mon poing dans la figure. Je parlais juste de mes conneries à moi. Nos conneries, plutôt. Parce que ton père n'y est pas pour rien.

– Qu'est-ce que mon père vient faire là-dedans ?

Dans la même journée, c'était la deuxième fois qu'il revenait sur le tapis, celui-là. D'abord avec l'Anglais, et puis maintenant avec ma mère ; alors qu'on ne parle jamais de lui d'habitude ; il n'a même pas le statut de sujet de conversation. Je me suis dit que, mine de rien, j'étais peut-être en train d'apprendre quelque chose sur les adultes : c'est qu'ils sont obsédés par les pères.

– Tu sais… a commencé ma mère.

Et là, j'ai tout de suite eu envie qu'elle arrête parce que c'est un très, très mauvais début de phrase dans la bouche d'une mère. En général, ce qui suit n'est qu'une grande explication sur le sens de la vie, ou sur les sentiments, quelque chose de très gênant et d'un peu ennuyeux qu'on doit faire semblant d'écouter avec passion.

Le problème, c'est qu'on ne peut pas dire à sa mère de se taire. C'est dommage, mais c'est comme ça. Alors elle a continué :

– … Quand Sylvette a fichu mon père dehors,

j'étais très soulagée parce qu'ils passaient leur vie à s'engueuler.

– Je me souviens, oui, tu me l'as déjà raconté, ai-je dit d'une voix très froide pour qu'elle se rende compte que cette conversation ne me convenait pas du tout.

Mais elle ne s'est rendu compte de rien. Le char était lancé.

– Quand j'ai commencé à vivre avec ton père à toi, c'était tellement différent…

Et là, je vais faire un truc très sympa pour vous, je vais doucement baisser le volume afin que la voix de ma mère s'éteigne progressivement. Voilà, vous ne l'entendez plus, je vous épargne son bla-bla sur l'amour, les difficultés de la vie, l'immaturité, les mauvaises décisions, les choix qu'on fait le cœur léger et qui sont lourds de conséquences.

Ce n'est pas parce que moi j'ai dû rester à table bien sagement à faire semblant de m'intéresser à ses histoires que vous devez faire pareil.

À un moment, je ne sais pas vraiment lequel parce que je n'écoutais plus trop, elle a fait une pause pour prendre une cigarette. J'ai levé l'index vers le panneau non-fumeur que j'avais cloué au mur de notre cuisine avec mes petites mains le jour de mon dixième anniversaire, et ma mère a grimacé.

– T'es vraiment facho, toi.

– Eh ben, dis donc, c'est ma soirée. Je te pose une question simple sur la vie et les avions. Toi, au lieu de me répondre, tu me baratines pendant une heure avec des histoires que je connais par cœur. Et, pour finir, je me fais traiter de fasciste. Alors là, merci. C'est sans doute ça qu'on appelle la chaleur du foyer ! ai-je fait, indignée, en claquant mentalement la porte de la cuisine, vu qu'il n'y a pas de porte à notre cuisine.

J'étais assez fière de ma dernière réplique sur la chaleur du foyer. Je suis montée dans ma chambre et j'ai entendu ma mère pester sur le fait que vraiment tous les prétextes sont bons de nos jours pour ne pas débarrasser la table.

Piquée au vif, je suis redescendue et j'ai fait une vaisselle magistrale et silencieuse, les dents serrées, le regard plongé dans la mousse.

Moi, à la place de ma mère, je serais montée me coucher avec un bon livre. Mais ma mère n'est pas comme moi, elle est tenace. Elle est restée assise à table à fumer sans rien dire. Quand j'ai eu fini, j'ai envisagé, durant un instant de folie, de tout lui raconter, de lui parler de Liouba, de Mon Commandant, de Fleur et d'Allison, de la solitude que je ressentais, de l'exaltation aussi, j'aurais enchaîné sur l'écrivain argentin et je lui aurais peut-être même demandé si elle était déjà tombée amoureuse d'une fille. Ç'aurait été tellement simple, comme quand j'étais petite et que j'étais totalement transparente pour elle. Quand j'avais quatre ans, je pouvais lui dire que j'étais amoureuse de mon instituteur sans être gênée du tout, ou lui expliquer en détail pourquoi l'odeur du pipi était meilleure que celle du caca. Tout ça, aujourd'hui, c'était devenu impossible. Je ne pouvais plus rien lui dire, soit parce que c'était trop gênant, soit parce qu'elle n'y comprenait rien. Peut-être que c'était ça, le moment crucial, celui que ma mère prétendait ne jamais avoir vécu, le moment où l'enfance s'arrête. Elle m'a regardée sans rien dire monter l'escalier en colimaçon qui mène à l'étage. Elle ne bougerait pas tant que je n'aurais pas fermé la porte de ma chambre. Elle était fâchée et c'était sa manière de me le faire savoir.

N'importe quel autre jour, dans une situation semblable, j'aurais sauté sur le téléphone pour en parler à Fleur ou à Allison, mais ce soir-là c'était impossible. J'étais complètement isolée.

Au lieu de me laisser abattre, j'ai pris une bonne résolution : j'allais m'avancer pour mes devoirs. Faire tout le travail d'une semaine en une fois, quitte à y passer la nuit. À partir d'aujourd'hui, j'allais devenir une hyper bonne élève, celle que Mme Thiercelin, ma prof de français, aurait tant voulu que je devienne. Une qui a tout lu. Une qui ne fait plus de fautes d'orthographe. Une qui est aussi bonne en physique qu'en histoire. J'ai sorti mon cahier de textes, et toutes les affaires dont j'allais avoir besoin. Comme je voyais que j'aurais sans doute trop d'énergie pour ne faire que mon travail, j'ai descendu de l'étagère les livres que ma tante Margot, qui est bibliothécaire, m'a offerts ces deux dernières années. J'ai fait une pile près de mon lit : *Les Affinités électives, Le Cœur est un chasseur solitaire, Le Ravissement de Lol V. Stein, Le Manteau, Les Belles Endormies* et *Le Lys dans la vallée.* J'allais les lire cette nuit. Ça faisait du bien, ce changement de personnalité.

J'ai pris une feuille double bien propre et j'ai ouvert mon livre de français à la page 137, pour rédiger l'étude de texte à rendre pour le mardi suivant. C'était du théâtre. *Le Cid,* de Corneille.

Percé jusques au fond du cœur
D'une atteinte imprévue aussi bien que mortelle
Misérable vengeur d'une juste querelle
Et malheureux objet d'une injuste rigueur
Je demeure immobile, et mon âme abattue
Cède au coup qui me tue.

J'ai relu quatre fois le début du monologue. C'était la première fois qu'un texte à étudier parlait de moi. Je voyais exactement ce que Corneille voulait dire avec cette histoire de *«percé jusques au fond du cœur»* ; moi aussi, j'étais percée, profondément percée même, et ça me faisait un bien fou de répéter cette phrase en boucle.

Une heure plus tard, je n'avais pas tellement avancé sur la question de la «théâtralisation du conflit», mais j'étais un peu plus au clair avec moi-même.

Par exemple, j'avais réussi à comprendre qu'en fait je n'étais pas amoureuse de Liouba. Et là, accrochez-vous parce que c'est un vrai tour de force.

Je n'y serais peut-être jamais parvenue sans Le Cid et ses formules géniales du genre : *«Noble et dure contrainte, aimable tyrannie»* ou *«Mon mal augmente à vouloir le guérir»*. Je ne sais pas exactement comment ça se faisait, mais lire et relire ces vers me donnait de l'énergie. Mon cerveau était tout excité, j'adorais ce système de contraires et de paradoxes. C'était incroyablement réaliste, parce que, la plupart du temps, on a des sentiments mitigés, on aime et on déteste en même temps. Tout paraît confus.

J'ai repensé à Liouba et au parallèle avec Victor Delzeanne et ses cils en très gros plan. Quand il s'était approché pour m'embrasser, j'étais… comment dire ? Très satisfaite, mais pas émue du tout. Il fallait que ça arrive, parce que c'était la dernière boum de la dernière semaine de colo et c'était soit ça, soit rien. Et puis Thérèse Fielding, la rousse bilingue que tout le monde trouvait trop sympa, sauf moi, était amoureuse de lui. Le bien que ça me faisait était comme un reflet très précis du mal que ça lui faisait à elle. Je sais, ce n'est pas très noble, mais c'est la vérité. Histoire de sauver mon âme, je pourrais dire que c'est Thérèse Fielding qui avait commencé à me faire souffrir en étant rousse, populaire et nouvelle, alors que j'étais châtain, pas si populaire que ça et ancienne. Mais qui se soucie de mon âme à l'heure où je questionne mon orientation sexuelle (je crois que c'est comme ça qu'on dit) ?

Avoir la main de Liouba sur mon bras, c'était satisfaisant parce que ça me vengeait des trahisons subies les jours d'avant. C'était exaltant parce que ça faisait de moi le centre d'attention et l'objet de jalousies multiples. Ça me donnait l'impression d'exister plus fort que d'habitude, comme si ce simple contact avait suffi à dessiner au feutre noir épais les contours de ma personne. En plus, j'ai déjà été amoureuse et, si je réfléchis bien, je sais que ça ne fait pas du tout cet effet-là. On n'a pas un sentiment de victoire quand on est amoureux, c'est le contraire. En tout cas pour moi. Ça m'est arrivé une fois. C'était le cousin d'Allison. Il était venu habiter chez elle une semaine. Il avait deux ans de plus que nous. Il était très réservé mais très autoritaire en même temps. Dès qu'il avait envie de quelque chose, tous les gens autour se mettaient à en avoir envie aussi. Il ne s'est rien passé et je ne sais même pas s'il a remarqué que j'existais, mais je me souviens très bien de la sensation. Quand nous étions dans la même pièce, je me sentais toute faible parce que mon sang, mes nerfs, mes forces, tout en moi voulait se coller à lui, aller en lui. La distance à parcourir (de un à cinq mètres) et les obstacles (canapé, gens, table…) m'épuisaient par avance, d'autant plus que je savais la fusion impossible. Et pourtant, quand nous n'étions plus dans la même pièce, je me sentais encore plus faible parce que mon sang, mes nerfs, mes forces, tout en moi était resté avec lui, en lui. Si je m'éloignais, je perdais un morceau de moi. Ça n'a pas l'air logique, je sais, mais c'est comme l'« aimable tyrannie », c'est vrai.

Il était une heure et demie du matin quand je suis arrivée à cette constatation. Mon étude de texte restait à faire. J'ai rangé mes affaires dans mon sac en pensant que j'avais encore du temps d'ici mardi prochain. La pile de livres près de mon lit me défiait. Pour tout lire en une nuit, il fallait bien commencer par quelque chose. J'ai mis mon grand tee-shirt de sommeil avec Ping-Pong écrit en chinois vert fluo au-dessus d'une tête de lapin et je me suis glissée sous ma couette avec *Les Affinités électives*.

Une seconde après, mon réveil a sonné. Il était sept heures et la première page du roman était à plat sous ma joue, légèrement tachée de bave.

En me regardant dans la glace de la salle de bains, j'ai su que je n'avais pas vraiment changé de personnalité. La seule différence avec la veille, c'est que j'avais des épis plein les cheveux et une plaque rouge à l'endroit où *Les Affinités électives* s'étaient collées à ma joue durant la nuit. Je faisais une allergie au papier, à l'encre, à la littérature, à ma propre bave ? Comment savoir ? Ce qui était certain, c'était que quelque chose devait changer, si ce n'était pas moi, ce serait les autres. Il fallait que je comprenne ce qui se passait avec Fleur, Allison et Mon Commandant.

11

Je n'avais pas de plan précis. Je suis arrivée en retard au lycée parce que ma mère tenait à ce qu'on ait une discussion sérieuse au petit déjeuner. Elle avait écrit un mail à mon père pour organiser un déjeuner entre nous.

– Comment ça, « entre nous » ?

– Lui et toi, toi et lui, vous, quoi.

– Seuls ?

– Tu veux inviter quelqu'un d'autre ?

– Ben, je ne sais pas. Ça fait quand même cent ans que je ne l'ai pas vu. Je ne me souviens même plus de sa tête.

– La même que toi, en homme.

– Et je devrai l'appeler papa ?

– Tu l'appelleras comme tu veux, ma chérie. Ce que je sais, c'est que, moi, je ne peux plus gérer ça toute seule.

– Gérer quoi ?

– Ton adolescence. Ça m'épuise.

– Mais comment tu peux dire ça ? Je suis parfaite.

Ce n'était peut-être pas exactement le bon mot, mais c'était celui qui m'était venu à l'esprit tout naturellement. Ma mère a tellement ri qu'elle a craché du café par les narines. De son point de vue, j'étais peut-être parfaite, mais très difficile à vivre ces derniers temps. Je posais des questions étranges. J'étais distraite, lointaine, peu fiable. Je diffusais une sorte de mauvaise humeur poisseuse.

Et là, on arrive à un point très délicat du roman : c'est quand un des personnages accuse le narrateur. Si le narrateur se défend, il peut donner l'impression d'être prétentieux, de s'envoyer des fleurs. S'il ne fait rien, le lecteur ne sait plus à quoi s'en tenir. Étais-je celle que je pensais être, ou ressemblais-je au portrait que ma mère faisait de moi ? À quel point est-on capable de se voir, de s'étudier, de se comprendre ?

À la suite de cette discussion, j'ai décidé de me traiter comme un de mes personnages, de prendre de la distance, de m'examiner avec calme et humour, mais c'était extrêmement difficile. Une petite voix en moi n'arrêtait pas de répéter : « Ma mère est une connasse, je la déteste » et ça m'empêchait de me concentrer. L'idée de déjeuner avec mon père me donnait l'impression d'avoir été transplantée de force dans une série américaine. On allait se dire les choses, se retrouver, et je redeviendrais celle que je n'aurais jamais dû cesser d'être. Il me dirait les mots justes, je pleurerais peut-être un peu et il saurait me consoler en posant sa large main rassurante sur mon épaule. Pouah ! J'en avais des frissons d'horreur.

Arrivée en salle 105, juste avant que Mme Pitre-beau ne referme la porte, je me suis souvenue qu'on avait un contrôle de maths. J'avais tenté de devenir une hyper bonne élève la veille, mais j'avais oublié que, pour y parvenir, il vaut mieux commencer par le travail urgent plutôt que de se précipiter sur ce qui peut attendre.

La seule chaise libre était à côté de Fleur, la plus grande tache en maths de l'Univers qui, je vous le rappelle, est en expansion (c'est dire si Fleur est nulle !). Je me suis assise et elle m'a aussitôt demandé :

– T'as révisé ?

– Non, mais on va se débrouiller.

Un détail m'avait toutefois échappé : c'était le premier contrôle d'algèbre depuis le début de l'année et j'avais un peu perdu la main en équations. Mais le vrai problème est apparu quand j'ai sorti ma trousse.

Je veux parler de ma nouvelle trousse, celle que, dans mon délire nocturne de perfection scolaire, j'avais substituée à l'ancienne.

Il est vrai que ma vieille trousse avait fait son temps. Je la trimballais depuis le CM1. Elle était à motif Elmer, l'éléphant à carreaux de toutes les couleurs, et, avec le temps, le vert pomme avait viré au kaki, le blanc au gris et le jaune au verdâtre. La fermeture Éclair se coinçait sans arrêt et l'intérieur était constellé de taches d'encre. La veille au soir, je m'étais dit : « Vu le 18 de moyenne générale que tu comptes atteindre, tu mérites quelque chose de mieux. » Du cuir plutôt que du plastique, du noir plutôt que du bariolé.

Après avoir fouillé dans mes tiroirs pendant vingt bonnes minutes, j'avais trouvé l'objet idéal, ou presque. C'était un genre d'étui pour manucure récupéré chez Sylvette un jour de grand ménage. Le grand ménage, chez Sylvette, ça veut dire : je me suis acheté plein de nouvelles choses avec mon astronomique retraite de prof d'italien et je n'ai plus de place dans mon loft, alors venez vite me débarrasser de mes vieilleries. Je ne sais pas bien pourquoi on y va chaque fois ni pourquoi, chaque fois, on repart avec un sac rempli de babioles immondes, de bibelots tocards, de colifichets absurdes. C'est comme ça, c'est un rituel. En rentrant à la maison, ma mère et moi comparons nos butins. Quand nous sommes de bonne humeur, ça nous fait rire. Parfois, ça nous énerve. Une fois, ma mère a failli en pleurer.

La pochette dont j'avais hérité lors d'un de ces fameux vide-greniers trônait à présent sur ma table et je contemplais sa noirceur avec découragement. Elle était plus belle, certes, plus mûre et peut-être même plus pratique que ma vieille trousse Elmer. Elle n'avait que des qualités, mais ce qui lui manquait risquait de nous faire passer, Fleur et moi, du mauvais côté de la moyenne.

L'immense avantage du plastique sur le cuir, c'est que l'on peut écrire dessus. L'inestimable supériorité des couleurs sur le noir, c'est aussi qu'on peut écrire dessus. À cheval sur le carré jaune et le carré rose de la robe multicolore d'Elmer s'étalaient autrefois, en toutes lettres, les trois identités remarquables nécessaires à la résolution et au développement de la plupart des équations. J'avais trouvé inutile d'encombrer mon esprit avec ça, alors que feu ma trousse offrait une surface idéale pour ces hiéroglyphes. Pas une seconde, en mettant au point cette antisèche permanente, je ne m'étais douté qu'elle pourrait un jour me faire défaut. Entre ma trousse Elmer et moi, c'était à la vie à la mort, jamais je n'aurais cru devoir en changer.

J'ai caressé tristement la surface granuleuse de ma nouvelle trousse muette en espérant, tel Aladin et sa lampe merveilleuse, que le génie en jaillirait. Je me suis concentrée pour essayer de reconstituer, de mémoire, les formules que j'avais tant de fois lues et relues. Même en cours de français, je les avais sous les yeux et il m'arrivait d'admirer leur quadrille, je me racontais des histoires à leur sujet : a danse avec b, mais voilà qu'entre eux se glisse ab ; c'est l'image de leur couple, qui les éloigne l'un de l'autre. Ce qui donnait : a + b = a + ab + b, sauf qu'il y avait des « puissances 2 » par-ci et des « fois 2 » par-là, qu'il ne fallait surtout pas confondre. Peut-être était-ce $a^2 + b^2$? Je me rappelais aussi qu'il y avait un truc bizarre avec le –, un – qui devenait +, et inversement. J'ai visualisé le carré jaune et j'ai essayé mentalement de reconstituer les signes qu'il contenait. Une des parenthèses avait bavé et dessinait comme une chevelure au b. Ça, je me le rappelais très bien, mais je n'arrivais plus à retrouver comment placer les exposants.

« Késki spasse ? Pourquoi tu fé rien ? »

Ces deux questions étaient rédigées sur un morceau de papier que Fleur venait de glisser sous mes yeux ?

« J'ai perdu mon antisèche des identités remarquables. Je suis bloquée. » Ai-je répondu par retour de courrier.

Presque aussitôt, la bandelette de papier est revenue sur ma table : « $(a + b)^2 = a^2 + 2ab + b^2$; $(a - b)^2 = a^2 - 2ab + b^2$; $(a + b)(a - b) = a^2 - b^2$. »

Les trois formules magiques venaient de jaillir du stylo de Fleur et je les ai aussitôt reconnues, comme de vieilles copines de maternelle.

– Comment tu fais pour t'en souvenir ? ai-je demandé à Fleur.

– Je sais pas, c'est symétrique. Tu trouves pas ?

Justement non, ce n'était pas symétrique, mais j'ai décidé de ne pas perdre trop de temps en discussions. Il ne nous restait plus que quarante minutes.

Pendant que je travaillais, j'entendais la respiration tranquille de Fleur qui recopiait au fur et à mesure, confiante, paisible. Ça m'avait tellement manqué, cette présence confortable, facile, familière. Ma mère avait peut-être raison, quelque chose clochait chez moi.

À la fin du contrôle, Fleur a poussé un long soupir et m'a dit :

– Heureusement que tu es là. Tu peux pas savoir comme j'ai prié pour que personne ne vienne s'asseoir à côté de moi avant que tu arrives.

– Pourtant, je ne suis pas la meilleure en maths, lui ai-je fait remarquer. Tu risques d'avoir entre 12 et 14.

– Ça, je m'en fiche. Tant que je suis au-dessus de la moyenne, c'est bon. Je préfère copier sur toi parce que tu écris hyper lisiblement. Tu n'as pas une écriture d'égoïste. Tu vois ce que je veux dire ? Des petites pattes de chenille toutes biscornues ?

Je voyais très bien ce qu'elle voulait dire et j'avais instantanément reconnu l'écriture d'Allison. Une carte postale d'Allison, c'était une journée de vacances gâchée à essayer de déchiffrer son charabia visuel.

– Comment tu fais pour te souvenir des identités remarquables ? lui ai-je demandé alors que nous nous dirigions vers la salle d'espagnol.

– Je les ai apprises par cœur.

– Moi aussi, je les ai apprises par cœur, mais elles ne tiennent pas. C'est comme du vieux Scotch avec de la poussière dessus, au bout d'un moment, elles finissent par tomber.

Fleur m'a regardée par-dessous sa frange impeccable.

– Tout est tellement compliqué avec toi, a-t-elle dit. Y a pas besoin de toutes ces histoires de Scotch. Les identités remarquables, elles tiennent parce que c'est comme ça, c'est obligé, faut les savoir par cœur, c'est tout.

– Mais comment ça se fait que tu es moins bonne en maths que moi alors ?

– Je connais les formules, mais je ne sais pas les appliquer. Pour moi a, c'est a et b, c'est b, si on les remplace par un chiffre ou par un x, je perds complètement les pédales. Ma psy dit que c'est une forme d'inhibition. C'est comme si quelque chose en moi refusait d'y arriver.

– Tu vas chez une psy ?

– Ben oui.

– Mais pourquoi ?

– Je ne me souviens plus exactement, mais je crois que c'est à cause de ça, justement. Les notes. Ah oui, ça y est, ça me revient, j'ai un blocage scolaire.

– Et comment ça se fait que tu ne me l'as jamais dit ?

Fleur a haussé les épaules.

– Allison et Mon Commandant, tu leur as dit ?

– Qu'est-ce que ça peut faire ? Toi non plus, tu ne dis pas tout.

Notre conversation a été interrompue par la prof d'espagnol qui est entrée dans la salle comme une tornade, furieuse à cause d'un changement dans son emploi du temps dont elle a décidé de nous parler pendant une heure. Fleur et moi avons assez vite décroché. On a continué à parler en s'écrivant parce qu'il y avait trop de bruit pour bavarder. Je lui ai dit que j'allais revoir mon père et que ça m'angoissait. Elle m'a répondu qu'elle trouvait que j'avais beaucoup de chance de ne le voir qu'une fois tous les dix ans. Je lui ai parlé de l'Anglais faiseur de croche-pattes et je lui ai demandé si Liouba Gogol était vraiment cleptomane. Elle m'a raconté que, pendant mon absence, Liouba avait volé trois stylos, le manteau du chien de la prof de SVT, la montre d'un surveillant, les chaussures de sport d'un troisième et l'écharpe de la CPE. J'ai eu un fou rire en lisant la liste, c'était tellement bizarre. J'ai demandé si elle allait être renvoyée mais Fleur m'a expliqué que, comme c'était une maladie et qu'elle avait un mot de ses parents, elle allait juste devoir faire des TIG.

Les TIG (prononcer « tige »), ce sont les travaux d'intérêt général, qui consistent, la plupart du temps à balayer la cour ou à aider à la cantine. À douze heures quinze, nous avons eu le plaisir de constater que Liouba avait pioché la carte cantine. Elle était de l'autre côté du rail où glissent les plateaux du self, avec un calot blanc sur la tête et une blouse bleue sur le dos. Nous avons là un exemple parfait de l'incohérence scolaire. Introduire une cleptomane dans la cantine, c'est comme proposer à une souris boulimique un stage de désintoxication dans une usine de fromage.

En passant devant Liouba, j'ai essayé de lire dans ses yeux l'étincelle d'excitation précédant le vol. Allait-elle s'emparer d'une louche à trous, d'une pince à spaghettis, d'un bouchon d'évier taille XXL, d'un couvercle d'essoreuse à salade ? Son visage était l'innocence même. Je ne m'y connais pas encore très bien en peinture – j'ai pris l'option arts parce que j'aime dessiner – mais les quelques madones que j'ai vues dans ma vie auraient des leçons de sincérité et de douceur à recevoir de Liouba. C'est quelque chose dans l'expression générale, une lumière enfantine, un air de vulnérabilité. Au moment où je me faisais ces réflexions, j'ai senti quelque chose glisser dans ma main. J'ai attendu d'être assise à ma place pour regarder.

Je ne sais comment, Liouba y avait introduit une amande au chocolat dans son papier doré. Ces friandises sont réservées aux professeurs, qui les reçoivent avec leur café. Fleur en avait une aussi. Nous nous sommes regardées, rassurées d'avoir obtenu la même faveur.

Quelques minutes plus tard, Allison et Mon Commandant nous ont rejointes. Sur leur plateau, un peu dissimulé par le bord de l'assiette, un morceau de papier doré étincelait.

– Elle n'en a pas donné à tout le monde, a dit Allison. J'ai vérifié. On est les seuls.

– C'est comme un message, a dit Fleur.

– J'adore quand tu es cucu comme ça, a dit Allison.

– Pourquoi t'es agressive ? a demandé Fleur.

– Je suis pas agressive. Vous me trouvez agressive ? a dit Allison en se tournant vers Mon Commandant et moi.

J'ai hoché la tête et j'ai déclaré que, au risque d'être cucu moi aussi, je devais leur avouer que j'étais vachement contente de les retrouver, mais que ma joie ne pouvait cependant masquer une réalité troublante.

– Une troublante réalité, dis-tu ? a fait Mon Commandant en prenant l'accent italien.

– Oui, c'est ça. Il y a quinze jours, Liouba Gogol a débarqué dans notre classe et, depuis, rien n'est plus comme avant. Je ne sais pas pour vous, mais, pour moi, tout est bizarre. J'ai eu l'impression que je vous avais perdus.

– Trop cucu, ça, a dit Allison.

– Laisse-la parler, a dit Fleur. Y en a marre d'avoir toujours l'air dur, toujours l'air de s'en foutre. Les sentiments, ça existe, même si tu n'y crois pas.

– Vous voyez, ça aussi, c'est bizarre. D'habitude, ne le prends pas mal, Fleur, mais d'habitude Fleur ne dit jamais vraiment ce qu'elle pense parce qu'elle ne veut blesser personne.

– Parce que je suis fausse, a précisé Fleur.

– Mais non, ça n'a rien à voir, ai je dit. C'est une question de tempérament. Allison est une grande gueule et toi, une petite gueule.

– Et moi ? Et moi ? a piaillé Mon Commandant comme un oisillon.

– Toi, la ferme, a ordonné Allison, fidèle à sa réputation.

– Fleur a changé, moi j'ai changé. En fait, on a tous un peu changé et je suis sûre que c'est à cause de Liouba.

Mes trois amis m'ont regardée, comme si je détenais la recette du meilleur gâteau au chocolat de la planète.

– La plus belle fille du monde débarque dans la classe et voilà, rien ne sera plus jamais comme avant, ai-je expliqué.

– Et les autres alors, Sandra ? Qu'est-ce que tu fais des autres gens de la classe, de tous les élèves du lycée, des profs ? Selon toi, tout le monde a changé à cause d'une seule personne ?

Je n'étais pas très sûre de ma théorie, je l'avais énoncée avant d'y réfléchir. Une seconde plus tôt, je ne savais pas ce que je pensais. Et, pour continuer sur le même mode, j'ai dit :

– Ça ne vous rappelle rien ?

À voir leur tête, la réponse était non.

– Nous sommes les seuls à avoir reçu une amande au chocolat, pas vrai ?

– Vrai, ont répondu mes amis à l'unisson.

– Nous sommes les seuls à avoir changé, ai-je déclaré d'une voix ferme.

– À cause de l'amande en chocolat ? a demandé Fleur d'une voix incrédule.

– Non, ai-je précisé, parallèlement à l'amande en chocolat.

– Je ne comprends rien à ce que tu racontes, a dit Mon Commandant en croquant dans son amande.

– Jocelyne, ai-je dit.

– Qu'est-ce que c'est que ça ? a demandé Allison, le nom de la coiffeuse de ta mère ?

Mon Commandant et Fleur l'ont regardée avec horreur.

– Tu as oublié Jocelyne ?

Nous n'avions jamais reparlé de notre maîtresse de maternelle. Les yeux d'Allison se sont emplis de larmes. Nous avons été soulagés, elle n'avait pas oublié. Après un moment de silence que je qualifierais de solennel, Fleur a dit :

– C'est quoi, le rapport ? Tu crois que Liouba Gogol est une réincarnation de Jocelyne ?

– Là, si je dis qu'elle est cucu, c'est pas méchant ? a demandé Allison. C'est juste vrai.

On a tous ri, même Fleur.

– Non, ce n'est pas ça. C'est... comme dans ce livre... Comment il s'appelle déjà ?... *Les Affinités électives !*

Je n'avais pas eu le temps de le lire la nuit d'avant, mais le titre m'avait marqué. Comme vous l'avez compris, avec les livres, les titres me suffisent souvent.

– Jamais entendu parler, a dit Fleur.

Les autres avaient l'air aussi perdu qu'elle.

– Les affinités, c'est quand on a quelque chose en commun. Électives, c'est qui... Oh, comment dire, quand on est élu, c'est qu'on se distingue des autres. C'est comme nous quatre par rapport aux autres élèves de Jocelyne. On était les seuls à comprendre qu'elle était morte et on n'a pas eu besoin de s'en parler. Comme si on s'était connus avant de se connaître.

– C'est de qui, ce livre ? a demandé Fleur.

– Je ne me rappelle plus, un Belge, je crois, ai-je dit.

– Ça existe pas, les auteurs belges, a fait Allison d'un air méprisant.

– Tu vois, ai-je dit à Fleur, Allison, elle est même agressive avec les Belges.

– Oh, si on peut plus rien dire, c'est chiant.

– Stop ! a crié Mon Commandant. On est en train de perdre le fil, là. Sandra nous explique que nous ne sommes pas comme les autres et que Liouba Gogol, sans doute à cause de son don de seconde vue, a décelé cette particularité dans notre groupe et vous partez sur la Belgique ? Vous êtes malades, les filles. C'est quand même hyper ultra important et surtout hyper ultra vrai.

J'ai pris un air indifférent et j'ai dit :

– Après tout, si on veut vraiment savoir ce qui est hyper ultra vrai là-dedans, on n'a qu'à demander à

Allison. T'es allée au cinéma avec elle, non ? Vous avez bien dû parler de quelque chose pendant la pub ?

Allison a levé les yeux au ciel.

– Non, mais, c'est vrai, ai-je poursuivi. Je ne sais pas pourquoi je m'emmerde à faire des déductions et des hypothèses débiles alors que nous avons un indic à table.

– Nia-nia-nia, a fait Allison.

– Bon alors, a repris Mon Commandant, t'y es allée ou pas, au cinéma ?

– Non, a répondu Allison. J'ai dit ça pour... En fait, je ne sais pas pourquoi j'ai dit ça.

– Pour faire ton intéressante, comme dit ma grand-mère, a suggéré Fleur.

– Peut-être bien, a admis Allison.

Nous sommes restés silencieux un moment ; Fleur a tenté de faire fondre l'amande en chocolat dans son potage.

– Je m'intéresse de plus en plus à la cuisine expérimentale, a-t-elle dit en touillant avec le plus grand sérieux.

– C'est sûr que la cantine est le lieu idéal pour ça, a remarqué Allison.

– Bon, alors, qu'est-ce qu'on fait ? ai-je demandé à mes amis.

Ils ont pris un air étonné, comme s'ils ne savaient pas de quoi je voulais parler, mais personne n'était dupe.

– On accepte un cinquième mousquetaire ? ai-je dit pour préciser une pensée que tout le monde avait saisie depuis longtemps.

– Putain, a dit Mon Commandant, c'est plus une boîte de Playmobil que je vais avoir, moi, c'est un harem.

12

Parfois, dans la vie, on aimerait que quelqu'un nous décerne une médaille. Je ne sais pas si tout le monde est comme moi, mais, dans le sport, un des moments que je préfère, c'est quand les athlètes montent sur le podium et baissent la tête pour qu'on passe à leur cou un ruban d'où pendouille une grosse pièce en métal. Ils sont en survêtement, et, bizarrement, ça ne leur va pas très bien. Ils ont l'air tout ringards avec la fermeture remontée jusque sous le menton et, comme ils sont émus, ils font une petite tête comme quelqu'un qui vient de boire une gorgée de jus de fruits avarié. Presque chaque fois, ça me donne envie de pleurer. C'est à cause de la grandeur de l'exploit et de la petitesse de l'homme, de la juxtaposition de l'exceptionnel avec le quotidien. Il arrive qu'un sentiment soit tellement grand qu'il est comme un éléphant, il ne tient pas dans une voiture, il ne tient pas dans une maison, il tient difficilement dans certaines rues.

Là, ce que je viens de faire, c'est une métaphore, enfin plutôt une comparaison (vu qu'il y a un « comme »), qui devient une métaphore au fil de la phrase. Je ne sais pas si c'est très poétique. Le problème avec les métaphores, c'est que, quand on les regarde de près, il y a toujours un élément un peu ridicule dedans. Prenez l'albatros de Baudelaire. « Ses ailes de géant l'empêchent de marcher… » Il parle de l'oiseau, mais en fait il parle de lui et on ne peut pas s'empêcher de s'imaginer le poète avec un faux bec et de fausses ailes, vu que Baudelaire a un peu une tête de pingouin. Ne croyez pas que j'essaie de me comparer à lui. Je sais que je ne suis pas une grande poétesse. Ce n'est pas pour mes efforts d'écriture que je réclame une médaille, c'est pour mon attitude irréprochable lors du déjeuner avec mon père.

Fleur, qui trouve que j'ai beaucoup de chance de ne pas avoir de père à domicile, admet que le déjeuner en tête à tête est un désavantage qui lui ferait presque préférer sa situation à la mienne.

– Moi, tu vois, me dit-elle, mon père, il est chiant. Il veut toujours regarder ce qui lui plaît à la télé pour nous faire bien sentir que c'est lui le chef. Il est toujours crevé quand il rentre du travail alors il ne faut pas faire de bruit et écouter toutes les merveilleuses histoires de DRH et de progression annuelle du chiffre en ayant l'air passionné. Mais ce qui est bien, c'est que je ne le vois jamais, enfin, très peu. Même en vacances, il est absent. Il doit lire énormément le journal, ça lui prend des heures. Si je devais déjeuner avec lui, je crois que j'en mourrais.

– Tu exagères, lui ai-je dit après sa confession.

– Non, non, je te jure, a-t-elle fait en secouant ardemment sa frange afin de donner plus de poids à ses paroles.

– Ben, merci, ai-je dit. C'est très encourageant.

– Qu'est-ce que tu voudrais que je te raconte ? Tu préférerais que je te mente ? Que je te dise : « Oh, quelle chance tu as, Sandra. Tu déjeunes avec ton père alors que tu pourrais être à la cantine avec nous » ? Remarque, l'avantage, c'est qu'il va peut-être t'emmener dans un bon restaurant. Moi, si un jour mon père m'invite à déjeuner, je lui demanderai de réserver chez un grand chef qui passe à la télé.

J'aurais peut-être dû exiger ça de mon père parce qu'il m'a emmenée dans une pizzeria dégueulasse, avec fausses fresques romaines sur les murs, éclairées au néon bleu. Mais ce n'est pas pour ça que je réclame une médaille, je ne suis pas si tatillonne. On aurait pu manger une saucisse/frites chez Momo l'aveugle (c'est la buvette la plus proche du lycée, et Momo, on l'appelle l'aveugle parce qu'il met toujours le ketchup à côté de la barquette, sur son plan de travail en fait, alors qu'il n'est même pas aveugle en réalité. Personne ne sait pourquoi il met le ketchup à côté, c'est un mystère, comme, par exemple pourquoi les chaussettes disparaissent en solitaire et jamais par paires, mais là, je crois que je vais devoir fermer cette parenthèse, parce que si je continue… stop !) Contrairement à Fleur, je ne suis pas une passionnée de nourriture.

Mais je vais trop vite. Il faut d'abord que je décrive la scène de la rencontre. Ça, dans un livre sérieux, un livre écrit par un vrai écrivain, ça pourrait être la scène clé, la classique, celle qu'ensuite on met en extrait dans les livres de français des collégiens. La rencontre entre la fille et son père qu'elle n'a pas vu depuis dix ans.

Il m'avait dit qu'il m'attendrait à la sortie du métro, sauf que, à la station où il m'avait donné rendez-vous, il y avait cinq sorties différentes, chacune avec un numéro et un nom de rue. J'ai eu envie de pleurer très fort et puis plus du tout. Je me suis dit que, si je ne trouvais pas, c'était la belle vie, je pourrais raconter à ma mère qu'on s'était attendus à deux sorties différentes et qu'on s'était manqués. Oh, comme c'est bête !

J'ai choisi la sortie la plus proche et, à première vue, j'ai cru que j'étais libérée de mes obligations filiales. En haut de l'Escalator, il y avait : une dame avec un chien roux dans un sac écossais à qui elle disait : « Tais-toi, wouah-wouah, gentil, wouah-wouah » (je crois que son chien s'appelait wouah-wouah) ; un grand type avec une guitare sur le dos, mais vraiment trop jeune pour être mon père, à moins qu'il ne m'ait eue à cinq ans ; un chauve en blouson de cuir qui disait à son oreillette : « Mais bien sûr que si que j't'aime. Bien sûr que si, même que j't'aime encore plus maintenant », question âge, ça collait, mais le chauve n'avait pas du tout la même tête que moi. Il y avait aussi un moine, enfin, je ne suis pas sûre que c'était un moine, mais il avait une robe marron avec une ceinture en corde et il disait à une femme asiatique coiffée d'un chapeau rouge : « Dieu est dans la vérité de la révélation, comme on dit chez vous, je crois. » J'ai tout regardé et j'ai tout écouté mais je n'ai pas vu mon père, jusqu'au moment où j'ai tourné la tête, je ne sais pourquoi, vers la gauche et où j'ai aperçu, en haut d'un autre escalier, deux rues plus loin, une silhouette qui m'a donné un coup de poing dans le ventre.

Vous vous demandez peut-être comment une silhouette peut donner un coup de poing. C'est impossible, surtout quand ladite silhouette est à deux rues de là, et pourtant, ce n'est pas une métaphore. J'ai vraiment eu mal au ventre en voyant ce blouson bleu marine avec le cou juste au-dessus, un peu penché vers l'avant, et la main gauche qui gratte l'oreille. Ma mère déteste quand je fais ça. Elle me dit : « Arrête de te gratter l'oreille, tu vas te faire des croûtes à force. Pourquoi tu fais ça ? C'est un tic ? Tu es angoissée ? » Je lui explique que je ne me gratte pas, que c'est plutôt une petite caresse, et que je le fais parce que mon oreille est douce et que ça me réconforte. « Mais pourquoi ? demande-t-elle. Pourquoi as-tu besoin de réconfort ? » La discussion s'arrête là, en général parce que je n'ai pas de réponse. En revanche, ce jour-là, sans le vouloir, j'ai trouvé une réponse à une question que je ne m'étais jamais posée : pourquoi ça énerve tant ma mère que je me gratte l'oreille ?

Donc à l'autre sortie, de trois quarts dos, il y avait une personne qui, comme moi, avait un cou d'oiseau projeté vers l'avant et une manie auriculaire. J'ai marché vers la silhouette sans réfléchir, attirée par la magie génétique, curieuse de constater l'étendue de sa puissance. Quand je suis arrivée à sa hauteur, l'homme au blouson a tiré une cigarette de son paquet. Je lui ai tapoté l'épaule en disant : « Ceci est une rue non-fumeur », il s'est retourné très vite, il a souri et s'est écrié : « Héééééééééééééééé ! » à la place de bonjour.

J'allais le découvrir bientôt, mon père, car c'était lui, utilisait beaucoup ce phonème en réponse, par exemple à « Je suis première de la classe » (oui, c'est un mensonge, et alors ? Il faut bien avoir quelques avantages à être l'enfant d'une fille-mère). D'une manière générale, il avait beaucoup recours aux onomatopées : beuh, ah, crcrcr, pô, chhhchhh, têh… Je ne sais même pas si on peut parler d'onomatopées dans la mesure où celles-ci sont censées produire le mime sonore d'une action. Dans le cas de mon père, c'était moins sophistiqué que ça. Les bruits qu'il faisait ne mimaient rien à part la stupeur de se retrouver face à sa fille et son incapacité à lui dire quoi que ce soit.

Il m'a embrassée sur les joues, m'a prise par l'épaule et, d'un bon pas de marin (je ne sais pas pourquoi j'imagine que les marins ont une démarche vigoureuse), il m'a conduite, deux rues plus loin, à la Pizzeria Vesuvio, dans laquelle il avait visiblement ses habitudes. Le serveur l'appelait Carlo – en réalité, le prénom de mon père, c'est Felix – et il lui parlait en italien pour prendre la commande. Mon père lui répondait aussi en italien, sauf que c'était de l'espagnol.

– Les pizzas sont super, ici ! m'a-t-il annoncé d'un ton enthousiaste.

J'ai fait une mine de circonstance – sourcils levés, yeux écarquillés – et j'ai pris mon temps pour choisir entre la Regina et la Margharita parce que j'avais besoin de mettre au point une tactique. J'ai remarqué que mon père battait un rythme imaginaire avec sa main sur son genou et j'ai eu pitié de lui. Il était tellement mal à l'aise.

– Alors, maman t'a dit pourquoi elle voulait qu'on déjeune ensemble ? ai-je demandé pour l'aider.

– Beuh…

– En fait, elle me trouve insupportable en ce moment et elle en a marre de gérer ça toute seule… Ça, c'est mon adolescence, au cas où tu n'aurais pas compris.

– Ah… *Dos pizza Regina, por favor.*

– Elle trouve que je suis bizarre, que j'ai des réactions imprévisibles, que je diffuse une… comment elle dit, déjà ? Une mauvaise humeur poisseuse, je crois.

– Crcrcr !

(Ce bruit-là est en fait une sorte de rire.)

– Il y a beaucoup de théories autour de la nécessité d'un retour de la figure paternelle, ces temps-ci. Alors maman pense que c'est ça, mon problème. Parce que, chez nous, la figure paternelle, c'est… je ne veux pas te vexer mais, c'est pas… c'est pas ça, quoi.

– Pô…

– Remarque, moi, ça ne me dérange pas du tout. Je ne ressens aucun manque de figure paternelle. En fait, je ne ressens aucun manque de quoi que ce soit. Parfois, je me pose juste des questions, mais comme tout le monde, tu vois. Pas plus. Par exemple, ces derniers temps, je me suis beaucoup demandé pourquoi les adultes détestent tellement les enfants. C'est vrai, c'est bizarre quand même. Tu sais que, au Nebraska, ils ont passé une loi qui autorise les gens à abandonner leurs enfants à tout âge et sans raison ? En fait, c'est un moyen détourné de lutter contre l'avortement. Eh ben, le résultat, c'est pas du tout moins d'avortements, c'est que des tas de familles débarquent de Floride, du Massachusetts ou du Texas pour abandonner tranquille leurs enfants au Nebraska ! En plus, tu sais quoi, la majorité des enfants abandonnés ont entre douze et dix-sept ans. Les gens viennent balancer leurs ados à la décharge, c'est dingue, non ? Après, ils t'expliquent que c'est parce qu'ils rangent pas leur chambre ou qu'ils veulent pas se lever le matin. Moi, ça m'angoisse, mais c'est normal que ça m'angoisse, non ?

– Chhhchhh !

Ça, je crois que c'est parce que la Regina était trop chaude.

– En fait, tu sais quoi ? Je crois que c'est maman qui a besoin d'une figure de père, enfin, je veux dire, elle aimerait bien avoir un amoureux, quoi, mais comme elle n'ose pas se le dire, elle met ça sur moi. Je ne dis pas qu'il faut que tu reviennes à la maison, hein, attention, pas après… combien ça fait, déjà ? Douze ans ? Non. Toi, tu as ta vie, tes vies. Ça, maman et moi, on l'a bien compris. Mais là, tu vois, c'est comme une illumination. En fait, elle ne me supporte plus parce qu'elle est sans arrêt en tête à tête avec moi. Sûrement qu'elle se dit qu'au lieu de manger un poulet chips avec sa fille elle pourrait être en train de déguster un tournedos Rossini avec… je sais pas, moi, j'ai pas trop envie d'y penser parce que c'est sa vie privée, mais, tu vois ?

– Têh…

Ce coup-ci, il essayait de décoincer je ne sais quoi qui s'était pris entre deux prémolaires. Une fois arrivé à ses fins, il s'est essuyé la bouche et m'a dit :

– Elle est toujours aussi...

Il avait l'air rêveur, cherchait l'inspiration dans le bleu du néon au-dessus de nos têtes. Il pensait à ma mère, ça se voyait et, je ne sais pas pourquoi, j'ai commencé à être émue. Ce type que je ne connaissais pas était en train de penser à ma mère avec une expression très tendre sur le visage. Ce type était mon père. Il avait autant de vocabulaire qu'un homme des cavernes, mais il était gentil, il payait une pizza à sa fille et il ne l'interrompait pas quand elle parlait.

– *Dos cafés, por favor,* a-t-il dit en souriant au serveur, qui lui a répondu :

– *Subito ! Carlo.*

Nous sommes restés silencieux un moment. Mon père étudiait à présent la matière de la nappe. Il faisait crisser ses ongles dessus et hochait doucement la tête. Puis il a pris une longue inspiration et a fini par me dire :

– Ta mère, tu sais, c'était la plus belle fille du monde.

Mes yeux se sont embués et j'ai décidé d'adopter le dialecte paternel.

– Groumpf, ai-je fait d'un air convaincu.

J'aurais aimé lui dire que c'était toujours la plus belle fille du monde, mais j'avais la gorge serrée.

Mon père a bu son café, puis le mien – parce que je lui ai expliqué que je n'aimais pas ça – et il m'a raccompagnée au métro en me tenant par l'épaule.

Alors vous vous demandez peut-être pourquoi, après ça, je mérite une médaille. Je n'ai rien fait d'exceptionnel, après tout. Sauf que c'est quand même moi qui ai mené la conversation. J'ai abordé toutes les questions importantes : l'adolescence, le manque de père, les relations avec la mère. J'ai ouvert un à un tous les dossiers, comme une grande fille, pendant que lui se contentait de batailler avec des fils de fromage fondu. Et puis, surtout, je ne me suis pas effondrée quand je me suis rendu compte qu'il aurait mille fois préféré déjeuner avec ma mère. Franchement, vous auriez le choix entre la plus belle fille du monde et moi, vous n'hésiteriez pas cent mille ans. Je trouve que j'ai été très digne. Mais je trouve aussi, en me relisant – parce que oui, c'est aussi ça, le travail d'un écrivain, la relecture et la rerelecture, les corrections et les recorrections –, je trouve, disais-je, que j'ai un peu exagéré avec l'histoire du grattage d'oreille. Ça fait faux. Pourtant, c'est vrai, mais dans un livre, c'est trop énorme. Personne ne va le croire. Moi-même, à la réflexion, je me dis que ça ne peut pas être génétique, ce truc.

Et maintenant, afin d'en faire la preuve, et pour votre plus grand plaisir, je vais remonter dans le temps. En voiture tout le monde ! Je fais machine arrière jusqu'à mes trois ans.

J'habite déjà la petite maison toute déglinguée où je vis aujourd'hui, mais elle a l'air plus neuf. Mon père vient de quitter ma mère pour Marjolaine, une copine informaticienne qui m'offrait des pistolets et des épées parce que, disait-elle, on lui avait pourri son enfance avec des baigneurs. Ce n'est pas un souvenir reconstruit, attention, personne ne m'a raconté ça, je m'en souviens vraiment. Nous habitons seules, ma mère et moi. Un jour, je me touche l'oreille. Ai-je une otite ? Est-ce pour jouer ? Ma mère reconnaît ce geste et m'ordonne d'arrêter tout de suite. Elle a une voix crispée, je sens que quelque chose ne va pas. Je continue. Elle s'énerve, elle crie. Je trouve ça merveilleux. Ça met une ambiance terrible dans la petite maison. Depuis, pour passer le temps, pour énerver ma mère, pour me rappeler mon enfance, je me gratte l'oreille. Ça n'a rien de génétique. Est-ce qu'on y croit davantage ? Je ne sais pas, mais moi, ça me convient mieux.

13

Je me suis souvent demandé comment les écrivains faisaient pour savoir quand leur livre était terminé. À part si tout le monde meurt à la fin, il peut toujours se passer de nouvelles choses. Et même si tout le monde meurt, on peut faire revenir les héros sous forme de zombies, ou les suivre au paradis ou en enfer. Même la mort ne suffit pas à terminer un livre (sauf, bien sûr, si c'est l'écrivain qui meurt en pleine action, mais à ce moment-là le livre n'est pas vraiment terminé, il est arrêté).

Je pense aux contes de mon enfance. Dans ce cas, c'est facile, ça se finit quand ils se marient et ont beaucoup d'enfants, mais je ne me vois pas aller jusqu'au mariage de Liouba, et encore moins jusqu'au mien. Dans d'autres livres, pour plus grands, on sait que la fin arrive quand le personnage qui allait bien au début, puis mal au milieu, s'en sort de nouveau. La boucle est bouclée en quelque sorte. Dans les romans policiers que j'aime lire, c'est encore plus simple, on trouve le coupable et voilà (parfois, il faut aussi attendre quelques pages de plus pour que le détective embrasse la femme – blonde et plantureuse en général – qui le faisait fantasmer depuis le début).

Tout ça ne me dit pas comment je vais m'en sortir. Peut-être que le seul fait de se poser la question « Est-ce que mon livre est fini ? » est le signe qu'on approche du but. Mais c'est aussi sûrement le signe qu'on est paresseux ou qu'on en a marre. Je vois bien qu'il me reste quelques points à éclaircir : comment et pourquoi Mon Commandant a-t-il été rebaptisé Étienne ? Que s'est-il vraiment passé entre Allison et Liouba ? Liouba est-elle vraiment cleptomane ? Nous a-t-elle repérés, comme je le pensais ?

Peut-être que le mieux, pour répondre à ces questions, serait de commencer par dire que les vacances de Noël, on les a passées, Fleur, Allison, Étienne et moi dans la maison de campagne de Liouba, à trois kilomètres de Senlis.

Après l'histoire des amandes au chocolat, on est allés la voir dans les coulisses de la cantine. En une heure de TIG, elle était devenue intime avec tout le personnel. Elle tapait dans la main du plongeur, échangeait des recettes de gâteau au chocolat avec la femme à barbe (oui, il y a une femme à barbe, une vraie, dans les cuisines de notre lycée) et rendait son porte-clés Pikachu, volé dix minutes plus tôt, à Viviane, la chef.

Je lui ai demandé si les amandes, c'était exprès. Elle a dit oui. Allison a demandé pourquoi. Liouba a répondu : « Pour voir. » « Voir quoi ? » a demandé Fleur. « Si vous compreniez » a répondu Liouba. « On a compris », a dit Mon Commandant d'un ton très ferme (il était vraiment impatient d'avoir son harem, celui-là). Aucune de nous trois ne l'a contredit, parce que nous sentions que le moment était venu d'ouvrir notre petit groupe au monde extérieur, de le renouveler, de le laisser grandir pour grandir, nous aussi, avec lui.

C'est aussi à cause de ça que Mon Commandant a perdu son surnom. Il est complètement redevenu Étienne ce jour-là, parce que Liouba n'était pas encore avec nous à l'époque où nous avions décidé que l'appeler par son nom de famille était ce qu'on pouvait faire de plus drôle avec lui. Parfois, je l'appelle Mon amour, pour voir. Ça le fait rougir et ça me fait marrer.

À la sortie de la cantine, nous n'étions plus quatre, nous étions cinq. Les rois du monde. J'ai serré les poings dans mes poches parce que je tenais à mes clés et que Liouba marchait à côté de moi.

– Ah, au fait, a-t-elle dit, je ne pique jamais rien à mes amis.

Nous avons tenté de masquer notre soupir de soulagement collectif par une toux assez louche et Liouba a ri.

– Je suis nulle pour me faire des amis, nous a-t-elle expliqué. Alors, quand je vous ai repérés tous les quatre, je me suis dit que je n'avais qu'à tenter ma chance. Si ça marchait, j'en aurais quatre d'un coup, un peu comme les femmes qui n'arrivent pas à avoir d'enfant et qui, après leur traitement, ont des jumeaux.

– Toi, tu n'arrives pas à te faire d'amis ? a demandé Étienne, presque en criant.

– Oui, a-t-elle dit très simplement. C'est à cause de mon physique, a-t-elle ajouté d'une voix minuscule.

– Qu'est-ce qu'il a, ton physique ? a demandé Allison, légèrement agacée.

– Eh ben… rien, mais… les filles me détestent et les garçons veulent juste sortir avec moi, du coup, je me retrouve seule.

– Pauvre poussin ! a fait Allison, impitoyable.

– Ne t'inquiète pas, tu vas t'habituer, ai-je dit à Liouba. Elle est comme ça avec tout le monde.

– C'est à cause de mon physique, a fait Allison, et Liouba a tellement ri qu'elle est tombée par terre.

En devenant notre amie, Liouba a complètement arrêté d'être la plus belle fille du monde. Pour les autres, ça restait vrai, mais, pour nous, elle était juste une personne indispensable pour rire, parler, réfléchir, se disputer.

C'était très étrange d'être cinq au lieu de quatre. C'était comme si un nouveau bras avait poussé sur notre épaule. Ça donnait un sentiment de puissance et d'espace.

Je me suis demandé si les changements que je redoutais ne pourraient pas, eux aussi, avoir cet effet. Peut-être que devenir adulte n'était pas une catastrophe aussi épouvantable que je me l'imaginais. Peut-être que c'était exaltant et inattendu, comme l'amitié de Liouba. Peut-être qu'on ne sentait pas la différence, et qu'une fois que c'était arrivé on avait l'impression que tout était comme avant.

Le soir où je suis rentrée du déjeuner avec mon père, j'ai regardé ma mère autrement, comme si je ne la connaissais pas et je l'ai vue à tous les âges. Ça n'a duré qu'un instant, mais j'ai su comment elle était à quatre ans et même bébé. J'ai compris ce qu'elle voulait dire quand elle m'avait confié que, pour elle, l'enfance ne s'était jamais arrêtée. Ça se voyait dans ses yeux, une petite flamme dans son regard.

J'ai imaginé comment mon père l'avait vue la première fois. La plus belle fille du monde. Et puis, c'était devenu sa copine. Ensuite, la mère de sa fille et, assez peu de temps après, un obstacle à dégager sur la nouvelle route qu'empruntait son bonheur. Et pourtant, des années plus tard, alors qu'il l'avait trahie, qu'elle l'avait maudit, qu'ils s'étaient perdus de vue, retrouvés pour se disputer à nouveau et finalement ne plus éprouver qu'une indifférence bienveillante l'un envers l'autre, il lui restait encore ça en tête, à mon père, la beauté de ma mère. Et, je ne sais pas pourquoi, ça m'emplissait de fierté. Le temps passait, les gens vieillissaient, les choses s'abîmaient, tout semblait voué à la chute, à la décadence, à l'oubli et, au milieu de tout ça, il y avait l'amour qui, même mort, est toujours là, et l'enfance qui continue de nous tourmenter jusqu'à la fin.

Je sais que ça ne se fait pas, mais j'ai envie d'inventer une dernière petite théorie avant d'arrêter mon histoire. C'est à propos des enfants, ou plutôt, de la haine des enfants. Une des choses que mes recherches m'ont apprise, c'est que la plupart des adultes ont l'impression d'être encore des enfants, ils voient leurs rides, mais, à l'intérieur, ils continuent aussi de se voir petits, et ce qui les énerve, avec les enfants, les vrais, c'est que, au-dessous d'un certain âge, mettons seize ans (comme ça, il me reste encore deux années), l'extérieur correspond à l'intérieur. Cette harmonie est perdue par la suite et, pour certains, c'est une plaie inguérissable dans laquelle les enfants ne cessent de remuer leur couteau.

Voilà, en fait, je crois que le meilleur moyen de savoir quand un livre est fini, c'est quand on a envie d'en commencer un autre. Le prochain, je vous préviens, ça ne sera pas un roman, ce sera de la philo.